10|18
12, avenue d'Italie — Paris XIIIe

Sur l'auteur

Né à Valparaíso au Chili en 1953, Roberto Ampuero a fait ses études de lettres à La Havane, puis a été journaliste à Bonn pendant quinze ans, avant d'intégrer, en 1996, le département de littérature de l'université de l'Iowa. Dans son roman autobiographique *Nuestros años verde olivo* (Nos années vert olive), paru en Espagne en 1999, il raconte sa vie à Cuba en compagnie des camarades révolutionnaires du monde entier. Le premier volume des aventures de Cayetano Brulé lui a valu le prix littéraire El Mercurio. Il vit actuellement aux États-Unis où il prépare la suite des aventures de Cayetano Brulé, série qui compte déjà quatre titres.

L'AFFAIRE KUSTERMANN

PAR

ROBERTO AMPUERO

Traduit de l'espagnol
par Bernard CUCCHI

10|18

INÉDIT

« Grands Détectives »
dirigé par Jean-Claude Zylberstein

Du même auteur
aux Éditions 10/18

▶ L'AFFAIRE KUSTERMANN, n° 3551
BOLÉROS À LA HAVANE, n° 3552

Titre original :
¿ Quién mató a Cristián Kustermann ?

ISBN 2-264-03685-0

Pour Ana Lucrecia

« Je suis lasse de ces gens qui meurent
avant d'avoir tenu toutes leurs promesses. »

Katherine MANSFIELD

I

1

Le visiteur referma doucement la porte du petit bureau.

— Cayetano Brulé ? demanda-t-il.

La pièce sentait le café et la cigarette.

Cayetano pivota sur son siège : devant lui se tenait un homme maigre, aux yeux bleu délavé, aux cheveux blancs. Il portait un costume foncé, en lin, à la veste croisée, et une cravate de soie rouge, fixée par une épingle en or.

— Moi-même, répondit le détective sans quitter son bureau, le paquet de café espresso encore à la main, la petite cafetière italienne, démontée, dans son dos.

Par la fenêtre, la lumière de l'après-midi tombait maintenant sur la nuque et les épaules de Brulé. Il posa le paquet près de l'Olivetti, se mit debout, essaya de se sécher les mains avec la serviette humide qu'il utilisait pour les tasses et tendit le bras par-dessus le bureau.

— Enchanté. À qui ai-je l'honneur ?

— Kustermann, Carlos Kustermann, répondit le visiteur en serrant la main du détective.

Il sourit, révélant quelques couronnes. Brulé calcula que la vente de ces dents, du costume et de la montre lui rapporterait de quoi se la couler douce pendant deux ans.

— Asseyez-vous. Je vais fermer à cause du bruit,

dit Brulé en se redressant au-dessus d'un lot d'archives et de quotidiens jaunis entassés près de la fenêtre. Il y a tellement de circulation en bas qu'on ne s'entend pas.

Kustermann prit place sur une chaise toute déglinguée, face au bureau. Il croisa une jambe, déboutonna sa veste et fit l'inventaire de ce qui se trouvait sur le bureau : deux dossiers, un téléphone, une lampe à abat-jour en toile dont la couleur avait déteint, un cendrier rempli de mégots, l'Olivetti, une tasse à moitié vide et, pour l'instant, le paquet de café. Sur un mur était accroché un diplôme de détective décerné par un institut d'études par correspondance, situé à Miami.

— Les conducteurs de minibus sont en train de détruire la ville, avec le bruit et la pollution... remarqua Brulé.

Il s'assit.

— Ce que le canal de Panamá n'a pas réussi à faire, les minibus et les taxis vont l'accomplir : ils vont tuer Valparaíso. Je vous sers un café ?

Kustermann secoua la tête.

— Le matin, je ne bois que de l'eau minérale et des jus de fruits pressés.

— Moi, en bon Cubain, je me contente de café fort dans une tasse minuscule, commenta Brulé en se mettant à l'aise.

Il se tourna et jeta quelques cuillerées de café dans la cafetière, sentant peser sur lui le regard intéressé de son visiteur. Il vissa la cafetière, la mit sur le réchaud qui trônait sur l'appui de la fenêtre, derrière son siège.

— On m'avait dit que vous étiez américain.

La déception classique, songea Brulé. Un détective américain, un gringo travaillant au Chili, ça inspire confiance, c'est synonyme de discrétion. Un Cubain, c'est juste bon à danser la *pachanga* et à jouer des maracas.

— J'ai un passeport américain, expliqua-t-il, mais je suis né à La Havane en 1945. Mes parents ont émigré en Floride en 1956, trois ans avant l'arrivée de Castro au pouvoir. C'est là-bas que j'ai fait mes études et que j'ai travaillé, avant de rencontrer une Chilienne que je préfère oublier. C'est elle qui m'a convaincu de venir à Valparaíso.

— Je comprends.

— En fait, je suis cubain, américain et chilien.

— Depuis quand vivez-vous au Chili ?

— Les années soixante-dix.

— Vous le regrettez ?

— On survit, comme vous le voyez. Le problème, c'est que je viens d'un pays au climat chaud et aux plages vierges, où les mulâtresses et les Noires ont un charme fou, où le rythme est omniprésent, dans les rues comme dans les veines. Vous avez lu Hemingway ? demanda-t-il avec un sourire nostalgique.

Kustermann acquiesça sans trop d'assurance.

— Le Chili est très différent, dit-il. Froid et gris.

— Vous vous consolez en vous prétendant européens, fit remarquer Brulé.

Il rejeta en arrière sa chevelure clairsemée et remit en place ses grosses lunettes. Puis il lissa l'épaisse moustache qu'il s'était laissé pousser quand il avait commencé à perdre ses cheveux. Lorsqu'ils se mettent à tomber, on se laisse pousser la barbe — il y avait vingt ans déjà qu'il s'était fait cette réflexion.

— Dites-moi en quoi je puis vous être utile, ajouta-t-il, et il avala le reste de café froid que contenait sa tasse.

Il chercha dans les poches de sa veste et trouva un paquet de Lucky Strike à moitié vide.

— Vous avez de bonnes références. Je sais que vous ne manquez pas de perspicacité et que vous avez résolu des affaires compliquées, répondit le visiteur.

— Ravi d'apprendre que ma réputation est bonne, parce que c'est elle qui me permet de vivre, dit le détective. Il s'agit de filer une dame ou un monsieur, de vols dans votre entreprise ?

— Non, répondit Kustermann.

Il sortit deux havanes de sa veste et en offrit un à Brulé.

— Des Lanceros, inutile de vous les présenter.

Le cigare avait la couleur du noyer, sentait bon l'argent et restait souple sous le doigt.

— Dix à douze dollars l'unité, estima Brulé en le humant.

— Ces havanes n'ont pas de prix, corrigea Kustermann.

Il en mordilla une des extrémités avant de fouiller ses poches et d'en tirer un briquet en or.

— Excusez-moi, mais la fumée de ces havanes est plus saine que celle de vos minibus.

Il l'alluma et son arôme inonda le bureau, rappelant au détective les cafétérias de la Calle Ocho de Miami et les hôtels pour étrangers de La Havane de l'ère Castro.

— Racontez-moi, reprit-il, rangeant le havane dans sa veste.

Il le fumerait tranquillement chez lui. Un tel cigare méritait d'abord qu'il mange une bonne tranche de rôti de porc, accompagnée de riz, de haricots et de manioc.

— Il s'agit de mon fils, dit le visiteur.

Il se tut un long moment, le regard fixé sur l'Olivetti. On n'entendait plus que les crachotements des minibus.

— Vous vous souvenez de Cristián Kustermann, de la pizzeria *Il Amico* de Reñaca, qui a été assassiné ?

— Oui, je m'en souviens. Croyez que je suis désolé, marmonna Brulé.

— Non, ne dites rien, l'interrompit le visiteur, j'ai déjà eu mon lot de souffrances. Maintenant, une tâche nouvelle m'attend : retrouver les assassins.

Brulé tira sur sa cigarette et caressa sa moustache. L'affaire avait fait grand bruit car elle concernait le fils d'un richissime entrepreneur de la région, d'origine allemande, dont la fortune provenait de l'industrie des conserves et des exportations.

— Cela s'est passé il y a quatre mois, se rappela-t-il. On n'a encore arrêté personne ?

— Non, répondit le visiteur, et ses yeux se plantèrent dans ceux du détective. Je veux que vous vous chargiez de l'enquête. Il n'est pas possible de laisser croire que mon fils a été liquidé par les narcotrafiquants.

— Quel âge avait-il ?

— Trente-deux ans.

— Marié ?

— Célibataire, avec une fille de temps en temps, expliqua Kustermann. Il avait une manière de vivre bien à lui, mais cela s'explique par son long séjour en Europe.

— Il y est resté longtemps ?

— Il y a vécu à partir de 1980. Il avait émigré à vingt et un ans. Il est revenu en 1990.

— Qu'est-ce qu'il faisait ? Où habitait-il ?

— Il a abandonné l'université et est parti pour l'Allemagne, à Bonn, où il s'est lancé dans diverses études tout en travaillant ici et là, sans jamais rien terminer. Typique de beaucoup de jeunes qui savent qu'ils pourront compter sur l'héritage paternel. En tout, il aura passé onze années à l'étranger.

— L'héritage ? s'enquit Brulé.

— C'était mon fils unique et, comme vous devez le savoir, j'ai des parts importantes dans deux entreprises et des terres dans le Sud.

— Et pourquoi est-il revenu au Chili ?

— Qu'est-ce que j'en sais ! souffla le visiteur en faisant tourner son havane entre ses doigts. La nostalgie, le déracinement, des déceptions amoureuses, le désir de se préparer à gérer mes affaires. Tout ça pour finir par s'occuper d'une pizzeria...

— Vous n'aviez pas de relations très étroites avec

Cristián, n'est-ce pas? demanda Brulé, arquant ses sourcils épais qui, avec ses yeux couleur café, lui donnaient l'air d'un Arabe.

Le visiteur acquiesça de la tête et baissa les yeux.

— Il a toujours été très indépendant et n'a pas tardé à nous quitter. Il vivait en Allemagne, et les gens, là-bas, sont bien différents. Il en est revenu un peu plus changé encore.

— Excusez-moi, mais pourquoi m'avez-vous choisi? J'imagine que vous avez les moyens de vous offrir des détectives...

— ... plus chers?

— ... plus qualifiés et disposant de meilleurs réseaux, dirais-je. Je m'occupe surtout de petites affaires : adultères, filatures, vols, enquêtes de moralité, enfin, vous voyez.

Kustermann leva les yeux vers le plafond, d'une bonne hauteur. Le bâtiment datait des années vingt. La peinture des murs s'écaillait et on voyait des lézardes dues aux tremblements de terre.

— Je vais vous expliquer, dit-il, examinant l'étiquette de son havane. La police a arrêté trois petits voleurs peu après le crime, mais la juge les a laissés en liberté par manque de preuves. Selon mon avocat, elle a eu raison. La police continue à patauger et le privé que j'ai engagé n'a pas pu me fournir une seule piste...

— L'affaire n'a pas tardé à disparaître des journaux... dit Brulé. Je croyais qu'elle était résolue, parce que, apparemment, elle n'était pas difficile : une agression qui dégénère en meurtre à cause de la résistance de la victime.

— Je veux que vous vous chargiez de l'enquête et que vous y consacriez tout votre temps. Je vous paierai bien et réglerai tous vos frais, lui assura Kustermann sans se démonter, le cigare haut levé, dans une pose distinguée.

— C'est que je travaille sur plusieurs affaires...

— ... qui rapportent moins, j'imagine, répondit le visiteur avant de consulter sa montre en or.

— Mais je me dois à ma clientèle et je ne peux pas la laisser tomber.

— Je vous parle de deux millions de pesos pour commencer, insista Kustermann.

Il tira une bouffée de son havane.

— Si vous réussissez, vous toucherez le double, et tous vos frais seront à ma charge. J'ai besoin de connaître la vérité et de laver l'honneur de mon fils et de ma famille.

2

Il fut réveillé par l'odeur mêlée du salpêtre et des azalées qui se glissait par la fenêtre entrouverte. La baie scintillait comme un médaillon d'argent et les collines étaient encore plongées dans le silence. La matinée s'annonçait bien pour Cayetano Brulé : l'offre de Kustermann était plus qu'alléchante, la meilleure affaire depuis ses débuts dans le métier.

Il se prépara un espresso et fit griller une tranche de pain. Il alla ensuite ramasser le journal dans le jardin et en profita pour laisser sortir Esperanza, la petite chienne errante qu'on lui avait offerte quelques années auparavant. Il était neuf heures. Kustermann devait l'appeler à midi pour lui remettre un acompte.

Il téléphona à Margarita Flores, la patronne de La Porteña, agence d'intérim située dans le quartier du port, et lui demanda des informations sur les Kustermann. Margarita, qui passait parfois la nuit chez Brulé, était une excellente source d'informations. Les employées de maison auxquelles elle procurait du travail connaissaient sur le bout des doigts les petits secrets du gratin de la ville.

— Les domestiques ont été les premières espionnes en ce monde, se rengorgeait-elle chaque fois que Brulé la consultait.

« La Porteña, l'agence de la femme élégante »,

occupait deux pièces au premier étage d'un bâtiment décati qui en comptait trois, face à la fontaine à sec de la place Echaurren.

— Ne t'en fais pas, le rassura Margarita à l'autre bout du fil, j'ai une jeune fille placée dans une famille qui vit dans la même avenue que les Kustermann. Nous verrons bien.

À dix heures, après s'être rasé sans se couper — il en profita pour égaliser les poils de sa moustache —, Brulé sortit Paseo Gervasoni où il fut accueilli par la brise de mer qui lui apporta la rumeur du port. Il suivit la rue pavée, avec, en toile de fond, le môle où de nombreux bateaux faisaient relâche. Il passa quelques instants à observer le *Café Turri*. Ses balcons et ses larges baies donnaient à la grande bâtisse blanche des allures de voilier sur le point de quitter sa colline pour s'enfoncer dans le Pacifique. Il pénétra dans un ascenseur[1] qui le transporta en gémissant vers les entrailles de la ville.

Un trolley le laissa ensuite au marché des antiquités de la place O'Higgins. Il le traversa, se lissant la moustache et jetant quelques coups d'œil furtifs aux livres d'occasion. Moshe Dayan, c'était lui qu'il cherchait dans la foule.

Le cireur borgne occupait son emplacement habituel : assis au ras du sol, le journal du matin entre ses mains tachées de cirage, un cache rond et noir sur l'œil droit. Il s'abritait sous un parasol Coca-Cola tout effiloché qui lui servait de parapluie en hiver.

— Moshe, tu te souviens de l'assassinat du propriétaire de la pizzeria de Reñaca ? demanda Brulé en prenant soin de remonter son pantalon avant de s'asseoir sur la chaise branlante réservée aux clients.

1. L'un des nombreux funiculaires (appelés *ascensores* par les autochtones) qui permettent d'atteindre les hauteurs de la ville. *(N.d.T.)*

— Ce type plein aux as ? répondit Moshe, son œil valide cillant à hauteur des bottines du détective.

Une main bleue tendit au détective *La Cuarta*, le journal à scandales qui offrait son lot quotidien de femmes dévêtues.

— Lui-même.

— On n'a jamais rien trouvé. Dans le coin, on n'en a pas parlé plus que ça, répondit Moshe Dayan.

En quelques gestes rapides il étala du cirage sur les chaussures.

— Et la pizzeria appartient maintenant à un Argentin, l'homme de paille d'un Bolivien, à ce qu'il paraît.

— Un Bolivien qui est dans la came ?

— Sûrement. Pour moi, c'est un coup monté par le gouvernement de La Paz. Vous ne savez pas qu'au Chili les Boliviens n'ont pas le droit d'acheter des propriétés sur le littoral ?

Moshe se remit à cirer les bottines. Il sortit ensuite un flacon d'une petite boîte et les enduisit de teinture avec une brosse à dents. Brulé sentit ses pieds le chatouiller. De sa chaise, il n'apercevait que le crâne constellé de taches de son du cireur.

— On dit que Cristián Kustermann a été tué par des trafiquants, marmonna Brulé en feuilletant le journal.

Moshe se servit d'un chiffon graisseux pour faire briller le cuir et répondit :

— On dit tant de choses.

Les premières notes d'un tango, joué sur un orgue de Barbarie, commencèrent à voltiger sur la place. Un gamin leur proposa de lui acheter une petite balle remplie de sciure.

Après l'avoir replié, Brulé rendit le journal et fouilla dans les poches de sa veste, à la recherche d'un billet de mille pesos.

— Tu peux garder la monnaie si tu parviens à savoir si la victime devait de l'argent aux trafiquants.

— C'est une affaire dangereuse, don Caye. Vous ne

voyez pas que les Boliviens pourraient y être mêlés ? Moi, je risque pas ma peau pour moins dc cinq millc.

C'était dit d'un ton déterminé qui ne laissait pas place au doute et il prit le temps de ranger son journal sous la chaise.

— Tu commences à me coûter très cher, lui fit remarquer Brulé.

— Ce que sait Moshe Dayan, personne d'autre ne peut le savoir.

Le détective sortit de son portefeuille un billet rouge et le lui remit. La haine des pays voisins tenait lieu de philosophie au cireur.

— Je repasserai dans deux jours, l'avertit Brulé en quittant sa chaise. Si tu n'as rien pour moi, j'irai raconter au ministère de la Défense que tu es un espion bolivien.

3

Cayetano Brulé arriva à son bureau alors que Bernardo Suzuki faisait réchauffer le café de la veille.

Son bras droit était le fils d'un marin japonais qui avait mis pied à terre pour quelques heures à Valparaíso à l'époque où la vie y était plus facile qu'à Kyōto. De sa mère chilienne, morte d'une pneumonie après des années d'agréables journées de travail en plein air, il n'avait rien hérité, sinon la langue et le passeport. Il tenait le reste, autrement dit tout, de son Japonais de père.

Faire le ménage du bureau et s'occuper des archives de Brulé lui permettait d'arrondir le peu que lui rapportait son kiosque de fritures dans le quartier du port. À vrai dire, le *Kamikaze*, qui ouvrait à minuit et fermait après le départ du dernier client, servait de refuge à des prostituées sur le retour, à des homosexuels nostalgiques et à des matelots abrutis par l'ennui.

— Un certain Carlos Kustermann a téléphoné pour te dire qu'il t'attend à une heure au *Café Riquet*, lui apprit Suzuki, qui était assis derrière le bureau, en train de découper des articles dans la page des faits divers d'*El Mercurio*. Qui c'est, ce type au nom tellement compliqué ?

— Un nouveau client, Suzukito, je t'expliquerai, répondit Brulé en posant les mains sur les coupures de presse. Pour l'instant, efforce-toi de savoir ce que raconte ta clientèle distinguée à propos de Cristián Kustermann.

— De qui s'agit-il ?

— L'ancien propriétaire de la pizzeria *Il Amico* de Reñaca. Il a été assassiné l'année dernière. On ignore toujours par qui. On dit que le milieu de la drogue pourrait être impliqué.

— Dans ce cas, on le saurait.

Brulé se gratta une oreille et précisa :

— Profites-en pour rassembler tous les articles concernant Kustermann. L'assassinat remonte à environ quatre mois.

— Ah, avant que j'oublie, dit Suzuki, bâillant à s'en décrocher la mâchoire, Margarita a appelé. Kustermann vit seul avec son épouse, sans enfants, et ce sont de mauvais patrons, pointilleux et radins.

— Je m'en doutais, répondit le détective. Pour s'enrichir, il faut savoir ne pas gaspiller.

Peu après midi, quand le soleil éblouissant devient difficilement supportable et que les habitants de la ville espèrent le retour d'une brise rafraîchissante, Brulé sortit.

Kustermann l'attendait à une table au fond du *Café Riquet*, devant deux *pisco sour*[1]. Après l'avoir salué, il sortit son chéquier et remplit un chèque avec un splendide Parker 51.

— Voici votre acompte. Vous toucherez le reste quand vous serez parvenu à un résultat.

Le détective jeta un coup d'œil au document. Banco Santander, deux millions. Ce n'était pas mal. Le *pisco sour*, fort et glacé, tombait à pic. Ils commandèrent le menu du jour : cocktail de crevettes, velouté de tomate

1. Cocktail d'origine péruvienne à base d'eau-de-vie de raisin muscat, de jus de citron, de sucre et d'un soupçon de blanc d'œuf. *(N.d.T.)*

et steak du pauvre[1], qu'ils agrémentèrent d'un Casillero del Diablo.

— Hier soir, j'ai parlé avec un ami policier du service des enquêtes et avec le responsable de la rubrique des faits divers d'*El Mercurio*, dit Brulé.

Cristián Kustermann avait été surpris tard le soir, peu avant la fermeture, alors qu'il vérifiait la caisse, dans son bureau. Ses agresseurs, qui avaient le visage dissimulé sous des bas de femme, avaient tiré quatre fois sur la victime avant de s'emparer de l'argent et de fuir sans que le personnel puisse s'y opposer.

— Tout laisse présumer qu'il s'agissait d'une attaque à main armée et que votre fils a voulu résister, ajouta le détective. Il faudra enquêter dans les bas-fonds, chercher des informations... Cependant, je ne saurais vous cacher qu'il existe peut-être une autre hypothèse.

Kustermann leva les yeux, inquiet.

— À quoi faites-vous allusion ? demanda-t-il.

— Il pourrait s'agir d'un assassinat prémédité.

— Ne me dites pas que vous allez accorder foi aux rumeurs et considérer que mon fils avait quelque chose à voir avec les narcotrafiquants.

— Nous sommes confrontés à deux hypothèses, expliqua Brulé. On est en présence soit d'un crime circonstanciel, soit d'un meurtre prémédité. Pas forcément lié à la drogue, si cela doit vous tranquilliser.

L'homme d'affaires termina ses crevettes en silence.

— Il est donc indispensable de tout savoir de la vie de Cristián, insista Brulé. Soupçonnez-vous quelqu'un ? Je pense à un de ses proches, un ami, une

1. *Bistec a lo pobre* : steak accompagné d'un œuf à cheval et d'une sauce aux oignons et aux piments, ainsi que de frites épaisses. L'expression date de l'époque du gouvernement Allende (1970-1973) qui se proposait d'offrir aux plus démunis les moyens de consommer régulièrement de la viande. *(N.d.T.)*

maîtresse, une personne qui lui devait de l'argent ou avec laquelle il se serait disputé.

— Non, je ne peux imaginer qu'on ait voulu tuer Cristián. Il est impossible à un père de trouver des raisons expliquant le meurtre de son fils, admit-il. Mais, en réalité, on ne sait jamais. Pour un patron de restaurant, entre ses clients et ses fournisseurs, les choses peuvent rapidement dégénérer... Je ne vois pas.

— J'imagine qu'il avait une petite amie.

Le vieux café commençait à se remplir.

— Une étudiante. Paula Gómez. Elle habite à Playa Ancha, près de l'université. Elle est divorcée, intelligente, plus âgée que lui. Classe moyenne. Cette classe qui décline avec la ville.

— Il n'a jamais songé à l'épouser ?

L'homme d'affaires attendit que le garçon retire les coupes vides et serve le velouté de tomate.

— Leurs fiançailles n'étaient pas sérieuses, du moins est-ce l'impression que nous a laissée Cristián pour me rassurer ainsi que mon épouse...

— Que voulez-vous dire ?

— Elle ne nous semblait pas être la femme qu'il lui fallait...

— Pourquoi pas ?

— Paula était divorcée et avait cinq ans de plus que Cristián. Nous espérions qu'il se marierait à l'église et nous donnerait des petits-enfants.

Kustermann prit le temps de s'essuyer les lèvres avec la serviette. Ses boutons de manchettes étaient en or.

— Je vois.

— En outre, ajouta-t-il, il s'agissait d'une femme aux opinions politiques très radicales, très marquée par les mesures qu'avait dû prendre le régime militaire. Est-ce que vous me suivez ?

— Oui.

— Trop à gauche pour mon épouse et pour moi, soyons clair.

— Et votre fils ?

L'homme d'affaires souleva son verre de vin, ignorant la question.

— À votre succès, dit-il sans conviction.

C'était un excellent millésime.

— Vous savez, Cristián appartenait à une association étudiante, à la faculté, puis il a perdu la foi et a quitté le pays. Il avait changé, à son retour d'Allemagne. Politiquement. Je ne sais trop quoi en penser.

— Il militait dans un parti ?

— Pas du tout ! s'exclama Kustermann avec emphase. Il avait le goût d'entreprendre, mais en solitaire, il n'était pas convaincu par les partis et se méfiait des politiciens, comme la majorité des jeunes.

— Pour en revenir à Paula, le coupa le détective, la croyez-vous disposée à me donner des informations ?

Kustermann lui expliqua qu'elle avait déjà communiqué beaucoup de renseignements sur le passé de son fils à la police et aux carabiniers et qu'il ne voyait pas pourquoi elle aurait changé d'attitude. Il lui recommanda de ne pas mentionner qu'il venait de sa part.

— J'ai aussi besoin des noms des ex-employés de Cristián, ajouta le détective.

— D'après ce que je sais, ils travaillent toujours au même endroit, qui appartient désormais à un architecte argentin d'origine italienne, Stéfano Alessi, répondit Kustermann.

Brulé caressa les pointes de sa moustache et haussa un sourcil.

— Une relation de Cristián ?

— Oui, amis et concurrents. Alessi, auparavant, possédait, tout à fait officiellement, une pizzeria à Viña del Mar[1]. Ils s'entendaient bien. La clientèle de touristes de Viña, comme vous ne l'ignorez pas, n'est pas

1. Grande station balnéaire, très populaire, près de Valparaíso. *(N.d.T.)*

aussi sélecte que celle de Reñaca. Ils n'étaient donc pas vraiment concurrents.

— Il me faudra contacter Alessi et ses employés, et Paula, marmonna le détective. En outre, j'aimerais savoir où je pourrais trouver les effets personnels de votre fils.

— Ils sont toujours dans son ancien appartement. Il habitait dans l'immeuble Caribe, sur la place de Viña del Mar. Il est resté en l'état, parce que, depuis, nous n'avons pas eu le courage d'y entrer...

— Je devrai lui faire une petite visite.

— Je vous remettrai les clefs.

4

Paula Gómez habitait avec ses parents dans une grande bâtisse délabrée d'un étage avec balcon donnant sur la rue Santa María. Le soleil se réverbérait sur ses murs recouverts de tôle ondulée auxquels s'accrochaient des bignones tout entremêlées. Elle dominait la baie et, de ses hautes fenêtres, on distinguait les drapeaux des navires amarrés dans le port.

Vers quatre heures de l'après-midi, Cayetano Brulé s'engagea sur la chaussée pavée de cette rue solitaire. Il poussa une porte rouillée qui s'ouvrit en grinçant, suivit un petit sentier bordé de fougères et de fleurs d'Inca et gravit l'escalier en marbre qui menait à quelques portes au vitrage fumé.

La femme était seule, mais elle l'invita à entrer. Dans le living, au plafond haut, on remarquait d'emblée de grosses poutres nues, une cheminée gigantesque et un mobilier en piteux état.

— Je n'ai pas envie de passer le restant de mon existence à parler de Cristián, mais asseyez-vous, le prévint-elle en se laissant tomber avec résignation sur un fauteuil tapissé de velours râpé.

Son jean lui serrait les mollets. Elle avait le visage émacié, aux traits durs, accentués par ses cheveux courts. Ses cernes témoignaient de l'époque tourmentée qu'elle avait vécue, mais son corps bien proportionné et vigoureux la rendait attirante, à quarante ans.

Brulé eut l'impression que Paula ne faisait aucune différence entre un détective privé et un inspecteur de police. Pour elle, tous, officiels ou privés, avaient servi le régime militaire et ils ne méritaient pas qu'on leur fasse confiance. Elle se leva, les mains dans les poches, et lui proposa un thé. Brulé accepta et alluma une cigarette.

— Avec Cristián, nous avions rompu depuis l'hiver dernier. Ce fut difficile pour tous les deux, pas pour ses parents, lança-t-elle avant de disparaître derrière la porte de la cuisine.

Sa voix lui parvint, mêlée au bruit des tasses et des soucoupes, aiguë mais sereine.

— Ils ne m'ont jamais acceptée. Question de standing. Vous voyez comment nous vivons, sans luxe, rien ne nous manque, mais nous sommes à des années-lumière du train de vie des Kustermann.

Paula réapparut avec un plateau et deux grandes tasses.

— Votre relation s'est achevée à cause de la pression de ses parents ou pour des raisons qui vous étaient personnelles ? demanda Brulé en acceptant une tasse.

— Difficile à dire. Du sucre ? L'opposition des parents ne fait qu'aggraver les choses. En outre, cela n'a pas duré si longtemps. Nous nous étions séparés trois mois avant que...

— Aviez-vous envisagé de vous marier ?

— C'était très compliqué, dit-elle en s'immobilisant au milieu de la pièce. Je suis divorcée.

— Vous auriez pu faire un mariage civil.

Elle secoua la tête et fit claquer sa langue. Puis elle s'expliqua :

— On voit que vous n'attachez guère de valeur aux cérémonies religieuses.

— Cristián était instable, émotionnellement parlant,

je me trompe ? dit Brulé, changeant légèrement de sujet.

Paula déposa le plateau à même le sol, près de son fauteuil. Elle ne prit pas de sucre.

— Il était sauvage, mais capable de tendresse, répondit-elle. Il n'aimait pas parler de son passé, ou par bribes seulement. Je crois qu'il a été très marqué par son séjour en Allemagne.

— En quel sens ?

Elle s'accorda une pause. Ses yeux couleur café firent le tour de la pièce, évitant ceux du détective.

— Oui, reprit-elle, j'ai dans l'idée que... mais à quoi bon ?

— Tout peut m'être utile...

— Parfois, j'ai l'impression que ce n'est qu'une perte de temps. Vous pouvez m'offrir une cigarette ? J'en ai besoin, je fume comme jamais. Vous croyez que tout cela a un sens ? Vous savez, la mort est irrémédiable.

Paula gardait les yeux fixés sur sa tasse et sa cigarette.

— Quelle est votre hypothèse ? insista le détective.

Il se gratta le cou.

— J'ai toujours estimé qu'il ne me disait pas la vérité sur son séjour en Allemagne, ce qui le rendait si discret et mystérieux. Plusieurs fois j'ai découvert des contradictions dans ses propos. Il s'embrouillait dans la chronologie de certains événements. Je ne sais pas si vous me suivez.

— Oui, répondit le détective, déconcerté. Ne pensez-vous pas que ce meurtre pourrait avoir un lien avec un événement survenu en Allemagne ? Est-ce qu'il ne se serait pas lié avec des malfrats auxquels il aurait voulu échapper en revenant au Chili ?

Paula le regarda droit dans les yeux. Brulé se sentit transpercé.

— Vous pensez au milieu de la drogue ?

— Éventuellement.

Elle baissa les yeux, songeuse, et pinça les lèvres. Elle tira une bouffée de sa cigarette.

— Oui, il était instable, continua-t-elle. Il avait des insomnies et des cauchemars, mais cela s'est aggravé dans les derniers mois. Il s'est plusieurs fois réveillé trempé de sueur, en criant, mais sans jamais me dire ce qui se passait. Non, il n'a jamais touché à la drogue.

— Pas même pour en vendre ?

Elle souffla la fumée de sa cigarette et aspira une autre bouffée.

— Il aurait eu de l'argent, répondit-elle, or ce n'était pas le cas. Le capital de sa pizzeria consistait en un prêt de son père et il en souffrait.

— Pourquoi ?

— Il aurait préféré être complètement indépendant.

— Vous pensez que sa nervosité s'est accentuée juste avant le meurtre ? Comme si, entre-temps, il avait été menacé, disons ?

— Je ne sais pas, répondit-elle en secouant la tête à plusieurs reprises.

Brulé se leva et s'approcha de la cheminée, rejetant la fumée de sa cigarette. Il désigna une petite statuette de bois : une femme nue, agenouillée, les poings sur les hanches. Pas plus haute qu'une bougie, il était difficile de ne pas la remarquer sur le dessus de la cheminée, près d'un réveil qui ne marchait pas.

— Il était très habile de ses mains, c'était un artiste, dit Paula.

Elle prit la petite sculpture d'un geste posé et la tendit au détective.

— Elle est censée me représenter, mais avec des traits négroïdes. Petits seins, hanches généreuses et derrière proéminent. C'est ce qu'il aimait chez les femmes.

À l'évidence, il n'y avait pas la moindre ressemblance entre cette femme au corps sensuel et les traits sévères de Paula, se dit Brulé.

— C'était aussi un être d'une grande sensibilité, poursuivit-elle.

— Que voulez-vous dire ?

— Écoutez ça : « J'aime, chérie, les casemates et les meurtrières, les ergastules et les créneaux, et le pont-levis de ton idéologie putride. »

— Qu'est-ce que c'est ?

Elle sourit, quelque peu nostalgique.

— Un poème de Cristián, répondit-elle. « Vers pour une fille dogmatique », moi, en l'occurrence.

Le détective en fut déconcerté. La poésie n'était pas son fort.

— Il fréquentait d'autres femmes ? demanda-t-il.

Elle lui prit la statuette des mains et la reposa doucement sur la cheminée.

Brulé eut le sentiment d'avoir commis une gaffe.

— Entendons-nous bien, nous parlons d'un homme adulte, d'un célibataire... ajouta-t-il en se lissant la moustache. Nous cherchons des indices qui auraient échappé à tous ceux qui m'ont précédé dans l'enquête.

— Sa réputation d'homme à femmes lui vient de son séjour en Allemagne. À Viña, il recevait des lettres en provenance de ce pays. « Ce ne sont pas des femmes pour moi », disait-il. Mais parfois, il répondait.

— Avec qui correspondait-il ?

— Qu'est-ce que j'en sais !

— Des hommes ? Des femmes ?

— Je l'ignore.

Paula retourna s'asseoir dans son fauteuil. Lui continua à arpenter le salon.

— Est-ce qu'il avait des ennemis ? reprit Brulé. Je pense à des maris cocus, à des commerçants qui lui devaient de l'argent ou à des créanciers.

— Non mais, quelle image vous faites-vous de lui ? demanda la femme après avoir bu un peu de thé. Cristián a monté sa pizzeria grâce à l'argent de son père. Il payait ponctuellement le loyer, qui était bas, parce que c'est le pas-de-porte qui lui avait coûté une fortune, et il se « défendait », comme on dit. Rien d'extraordinaire. À Reñaca, il n'y a qu'une bonne saison, pendant l'été[1].

— Et quelles étaient vos fréquentations ?

— Il avait peu d'amis. J'ai essayé une fois ou deux de l'entraîner dans des soirées, pour rencontrer des amis étudiants, mais ça ne lui plaisait pas. La pizzeria lui prenait tout son temps. Il lui fallait aller acheter personnellement la farine et le fromage, parce que les cuisiniers se sucraient là-dessus, et le service laissait à désirer dès qu'il s'absentait. Bref, lâcha-t-elle, ça lui bouffait la vie.

— Peut-être que ce sont vos amis un peu trop de gauche, un peu trop dogmatiques, qu'il n'appréciait pas. L'université de Playa Ancha ne passe pas pour être de droite, répondit le détective tout en faisant les cent pas dans le salon.

— Vous êtes bourré de préjugés. Cette université a une excellente réputation.

— Vous, qu'est-ce que vous suivez comme études ?

— J'ai fait des études d'allemand. En ce moment, je suis en philo et lettres modernes.

— Connaissant l'allemand, vous n'avez pas lu les lettres que recevait Cristián ? interrogea Brulé.

Elle écrasa sa cigarette dans la soucoupe et lui lança un regard chargé de reproche.

— Il était extrêmement conscient des problèmes sociaux, enchaîna-t-elle.

Elle croisa les jambes, ce qui n'était pas facile, tant son jean la serrait.

— Il ne supportait pas la misère qui régnait dans ce pays alors qu'on était en plein boom économique. Il disait que c'était une bombe à retardement qui risquait

1. L'été austral, en janvier et février. *(N.d.T.)*

d'exploser d'un jour à l'autre et que la démocratie n'y survivrait pas.

— Qui était son meilleur ami ?

— Samuel. Samuel Léniz, il habite à Santiago.

Le détective se planta devant Paula.

— Qu'est-ce qu'il fait dans la vie ?

— Il a une petite boîte de pub. Il a fait ses études en Allemagne, comme Cristián. Depuis l'enterrement, je ne l'ai pas revu.

— Jamais ?

— Il m'a appelée, après les obsèques. Je ne voulais pas le rencontrer, reparler du passé.

— Vous me donneriez son téléphone, que je le retrouve ?

— Appelez-moi demain, vous l'aurez.

Brulé continua à faire les cent pas.

— Pour en revenir à Cristián, il était de gauche ?

— Non. Conservateur. Un des rares hommes de droite qui avait une sensibilité sociale et se trouvait de ce fait plongé dans un tas de contradictions.

— Vous-même, vous êtes communiste ?

— Dites donc ! répondit-elle, fâchée. Depuis que Pinochet a quitté le pouvoir, on ne pose plus ce genre de questions.

— Il est probable qu'au cours de mon enquête, continua le détective, je serai amené à apprendre des choses qui m'obligeront à...

— À me revoir ? Non. J'en ai assez de tous ces interrogatoires qui ne servent qu'à me rendre la vie encore plus pénible. Vous ne croyez pas qu'on pourrait me laisser vivre ma vie ?

Elle était devenue franchement agressive. Brulé comprit qu'il était en train de se couper d'une source d'informations.

— Je pensais que vous m'aideriez, à cause de votre amour pour Cristián, ajouta-t-il, se voulant conciliant.

— Découvrir le nom de son assassin ne changera rien. Cristián est mort et enterré, monsieur Brulé.

La porte vitrée qui donnait sur la rue s'ouvrit et un barbu, qui portait des lunettes, pénétra dans la pièce.

— Jaime, je te présente M. Brulé, un détective, dit-elle, accueillant sans enthousiasme le nouveau venu.

Elle s'adressa ensuite à Brulé.

— Le professeur Carrasco et moi vivons ensemble.

Carrasco déposa un baiser sur la bouche de Paula et salua le détective d'un air renfrogné. Il traversa la pièce et disparut dans la cuisine. Selon les bruits qui en provenaient, il se préparait un thé.

— Monsieur Brulé, insista Paula, oubliez-moi, je vous le demande. J'ai envie de refaire ma vie, d'effacer le passé, de repartir de zéro. Il ne me reste pas beaucoup de temps. Ne revenez plus, je vous en prie.

Dans le jardin, Cayetano Brulé ramassa un œillet rouge qu'il glissa à sa boutonnière. Quand il retrouva la rue pavée, le soleil était sur le point de toucher la mer et les pélicans planaient au-dessus de Playa Ancha.

5

Ce n'était pas n'importe qui. Il le devait à son nom, deux mots hérités, dont la musicalité, la sonorité parfaite et sensuelle suggéraient une grande entreprise installée dans les collines de Toscane : Stéfano Alessi.

Les larges baies de sa pizzeria de Reñaca faisaient face à la mer. Les tables étaient recouvertes de nappes rouge foncé et décorées de bougies. Il possédait une Mercedes décapotable rouge, un corps musclé, de grands yeux sombres et rêveurs, une calvitie prononcée qui mettait en valeur ses traits virils.

— Je n'ai pas de temps à vous consacrer, annonça-t-il à Cayetano Brulé, le détaillant de la tête aux pieds, les mains enfoncées dans un pantalon de cuir noir trop ajusté pour un homme ayant atteint la cinquantaine.

Ils se trouvaient sur le seuil de son établissement. Plus loin, le Pacifique roulait tranquillement ses flots sous le soleil et le ciel orangé qui s'effilochait. La voix de Charles Aznavour couvrait parfois le fracas de la mer. Sur la plage, quelques couples batifolaient sous le vol triste des pélicans.

— J'insiste, répondit Brulé en posant la main sur le bras velu d'Alessi, j'ai besoin de connaître certains détails sur Cristián. On peut régler ça en deux minutes, puis chacun retournera à ses affaires.

— Vous êtes dans un restaurant chic, pas dans une

gargote de carabiniers. J'ai déjà dit tout ce que je savais et cela ne me concerne plus.

Il avait parlé plus bas, par respect pour les premiers clients.

Brulé se lissa la moustache. Le maître des lieux se montrait peu coopératif et il connaissait ses droits. Cet après-midi, il n'avait pas daigné répondre aux coups de fil réitérés de Suzuki pour obtenir un rendez-vous et l'apparition soudaine du détective lui avait visiblement déplu.

Alessi se libéra de la main de Brulé et se disposa à refermer la porte de verre.

— Excusez-moi.

Le pied du détective bloqua la porte.

— Si vous refusez de m'aider, je pourrais recommander votre restaurant à quelques traîne-savates vindicatifs, et si ça se termine à coups de couteau, il ne faudra vous en prendre qu'à vous.

— Suivez-moi, céda Alessi.

Ils traversèrent la salle en direction de son bureau. Les convives se turent en les voyant passer, murmurant quelques mots incompréhensibles quand la porte se referma.

C'était là que les assassins avaient surgi. Il n'y avait pas de fenêtres, seulement deux portes et un plafond bas. Il régnait une pénombre rafraîchissante. Le faisceau de la petite lampe de bronze du bureau éclairait des factures maintenues par des agrafes. L'autre porte, entrouverte, communiquait avec la cuisine. Sur le seuil, impuissants, les employés avaient assisté à la fuite des meurtriers. La victime avait été criblée de balles alors qu'elle travaillait à son bureau, le même, sans doute, que celui devant lequel Alessi s'installait.

— Que voulez-vous savoir ? Je n'aime pas du tout être aperçu en compagnie de flics en civil, ils cassent l'ambiance. Bon, venez-en au fait, je suis pressé, le prévint le nouveau propriétaire de la pizzeria *Il Amico* en se calant dans son fauteuil.

— Depuis quand connaissiez-vous Cristián ?

— Depuis qu'il s'était installé ici.

Il fit un geste vague de la main.

— Vous savez, tout le monde ne tarde pas à se connaître dans ce milieu, surtout quand on a les mêmes projets.

— Quels étaient vos rapports avec lui ?

Alessi appuya ses coudes sur le bureau et commença à se mordiller l'ongle du pouce gauche. Dans la demi-pénombre, il n'était plus qu'une silhouette.

— C'était un mauvais commerçant.

— Pourquoi ?

— Un bon ami mais un type très idéaliste, qui avait du cœur, trop pour réussir en affaires. Dans notre partie, il faut savoir ne pas faire de cadeaux, sinon, on ne s'en sort plus.

— Et lui ?

Quelqu'un entra par la porte de la cuisine et alluma le néon du plafond. C'était une blonde au physique époustouflant, en minijupe très moulante et chemisier rouge. Sous l'éclairage blanc, plutôt qu'une femme sensuelle, elle donnait l'impression d'en être la caricature.

— Excuse-moi, chéri. Je vous sers un apéritif ou autre chose ?

Elle n'avait pas plus de vingt ans. Un visage plein de fraîcheur, hâlé. Des yeux bleus qui posèrent un regard franchement désapprobateur sur le costume en polyester et la cravate lilas de Brulé. Ici, on se devait de porter du lin ou de la soie.

— Non, Cuca, merci, s'empressa de répondre Alessi.

Le détective, qui se rinçait l'œil sur les jambes bronzées de la dénommée Cuca, prit une cigarette et l'alluma.

— Moi, je n'aurais rien contre un bon Bacardi, lança-t-il. Un vieux millésime, autant que possible.

Cuca et Stéfano échangèrent un regard acide et elle quitta le bureau.

— Voyons si dans ce restaurant sélect on peut boire un vieux Bacardi, à moins qu'il faille se contenter du rhum bon marché des bistros de Valparaíso, ajouta le détective. Poursuivons. Que vouliez-vous me raconter à propos de Cristián ?

— Comment faut-il vous le dire pour que vous me compreniez et me laissiez en dehors de vos histoires ? C'était un type très contemplatif, plein d'idéaux, qui se posait des tas de questions sur les problèmes de la société, toujours prêt à vous faire la morale. Dès qu'il avait quelques verres dans le nez, il se mettait à parler politique.

— De politique ? Pas de femmes ou de gens qui lui devaient de l'argent ou autre chose ?

— Il avait ses problèmes, et on lui devait de l'argent, mais pas tellement, insista Alessi. La politique, par contre, ça le rongeait. Il était bourré de complexes de culpabilité. Je crois qu'il était un peu dérangé, précisa-t-il après une pause.

Il saisit un trombone, l'ouvrit et se le passa sur les lèvres.

— Franchement, pour se reprocher des choses dont on n'est pas responsable, est-ce qu'il ne faut pas être dérangé ?

Cet Italo-Argentin est en train de lui tailler un costume de suicidé et pas de type qui s'est fait descendre, se dit Brulé en tirant sur sa cigarette.

Cuca réapparut. Elle apportait une bouteille de vieux Bacardi, non entamée, et un verre avec des glaçons. Elle le servit sans prononcer un mot ni lever les yeux. Elle s'éclipsa, tortillant les fesses d'une manière qu'il n'avait vue qu'à La Havane.

— Est-ce qu'il était communiste ?

— C'était un emmerdeur. Dans sa jeunesse, il avait soutenu le régime militaire et, quand il se cuitait, il pleurnichait sur les morts et les disparus de la répression. Entre nous, ici, tint à préciser Alessi, ça n'a pas été si terrible, alors qu'en Argentine...

— Est-ce qu'il ne vous aurait pas avoué avoir collaboré avec la police politique ? demanda Brulé.

Puis il s'humecta le palais d'une grande rasade de rhum et défit le nœud de sa cravate, sans quitter Alessi des yeux.

— Non. Il n'est jamais entré dans les détails. Il se contentait de pleurer sur les morts et les disparus.

— Il était révolutionnaire, alors ?

— Non plus. Je dirais qu'il avait cru au communisme et qu'après son expérience en Europe, il s'était senti trahi et qu'il faisait sa cure de réorientation. Le drame typique du petit-bourgeois, cela va sans dire ! remarqua Alessi. Quand on a son âge, les théories politiques, il vaut mieux s'en torcher et essayer de faire du fric !

— Ce restaurant, vous l'auriez obtenu s'il n'était pas mort ?

— Non mais, qu'est-ce que vous êtes en train de suggérer ? Vous voulez peut-être m'accuser de ce crime ? s'exclama Alessi en se posant la main sur la poitrine. C'est le truc le plus absurde que j'ai entendu.

— Contentez-vous de me répondre ou je me mets à gueuler comme un Cubain et, croyez-moi, on m'entendra jusqu'à la plage, mon ami. Je répète : auriez-vous eu ce restaurant si Cristián était resté en vie ?

— Bien sûr que non. J'ai profité qu'il était libre, après sa mort. Comme je le connaissais, j'ai proposé à la famille de lui racheter le bail, et elle a accepté.

— Et pourquoi avoir quitté le centre de Viña del Mar ?

— Ici c'est mieux situé, notamment en été. Ceux qui viennent à Reñaca ou y habitent ont les moyens, tout le monde le sait.

— Où étiez-vous le jour de son assassinat ?

— Mais vous êtes cinglé ? se récria Alessi, incrédule. J'étais dans mon restaurant précédent, chacun a pu m'y voir ce soir-là. Cela a été établi par la police.

Brulé vida son verre, n'y laissant que les glaçons, et se leva, signifiant par là que la conversation était terminée.

— Écoutez, maintenant, j'aimerais m'entretenir avec votre personnel, ajouta-t-il. Je crois savoir que Cristián employait les mêmes personnes.

— Parlez avec qui vous voudrez, mais pas aujourd'hui, ils n'ont pas le temps. Si vous voulez, je les convoquerai demain, avant midi. Pour l'heure, ils bossent, c'est une bonne journée et la saison marche bien, répliqua Alessi en se redressant.

Il eut un sourire forcé et glissa avec difficulté les mains dans les poches de son pantalon.

6

Le lendemain matin, après avoir pris son petit noir habituel et fumé sa première Lucky Strike, Cayetano Brulé descendit d'un pas vif le Cerro Concepción[1] et se dirigea vers le bâtiment de la police judiciaire. Le ciel était couvert et une brise fraîche soufflait.

Grâce à l'obligeance de Pancho Linares, il eut accès aux dossiers. Dans une pièce obscure, enterrée au sous-sol et qui sentait l'humidité, il jeta un coup d'œil aux dépositions des employés de la pizzeria, recueillies quatre mois plus tôt.

Linares, un frère de Margarita, travaillait aux archives et lui laissait de temps à autre consulter pendant quelques heures les rapports de police qui l'intéressaient. En contrepartie, Brulé lui fournissait des tuyaux sur la pègre locale, qu'il obtenait par Suzuki, et lui donnait le nom de certaines femmes qui se lançaient dans le plus vieux métier du monde.

Il rentra ensuite chez lui et appela Samuel Léniz, à Santiago, grâce au numéro fourni par Paula Gómez. Celui-ci semblait être un homme jovial, du moins à entendre sa voix. Il se montra intéressé par l'enquête et lui annonça même qu'il disposait d'informations qui

1. *Cerro* : colline. La ville et la baie de Valparaíso sont entourées de collines qui forment autant de quartiers. *(N.d.T.)*

pouvaient se révéler importantes. Ils prirent rendez-vous pour le samedi suivant, au restaurant *Bote Salva vidas* de Valparaíso, car Léniz devait se rendre sur la côte en fin de semaine.

C'est en sifflotant que Brulé regagna le Paseo Gervasoni. Il poussa sa Lada déglinguée vers le bas de la rue pour lancer le moteur. Il prit la direction de Reñaca.

Il arriva au restaurant *Il Amico* peu avant dix heures et s'offrit une petite promenade dans le quartier. La station balnéaire était déserte. Une brise chargée de brume cinglait les rares passants qu'on voyait dans les rues.

Guillo Bermúdez, un plongeur, l'attendait devant la porte de la pizzeria. Ses yeux d'Indien lui lancèrent un regard froid et il l'invita à entrer dans le bureau d'Alessi, où se trouvaient le cuisinier, Mario Guerrero, et un autre plongeur, Ramón Leal. Des huit personnes qui composaient le personnel de l'ancien *Il Amico*, ces trois-là étaient les seuls à avoir assisté à la fuite des assassins.

— On n'a pas grand-chose à vous apprendre, commença Bermúdez.

Au plafond, le tube de néon clignotait.

— Nous avons dit tout ce que nous savons à la police. C'est dans ses dossiers.

— Je ne vois pas en quoi nous pourrions vous aider et nous n'avons pas beaucoup de temps, notre service a déjà commencé. C'est parce que don Stéfano l'a bien voulu que nous sommes ici, alors que nous devrions travailler, précisa Guerrero.

C'était un type épais, court sur pattes, qui serrait à deux mains un pot métallique rempli de café.

— Je vous remercie d'avoir accepté de me parler, dit Brulé en ouvrant délicatement un paquet de cigarettes.

Aucun d'eux ne l'avait invité à s'asseoir et il s'installa sur la chaise qu'il avait occupée la veille. Le trio resta debout, comme pour lui faire sentir que le temps pressait.

— Si j'ai bien compris, vous seuls avez vu quelque chose et sans doute êtes-vous ceux qui connaissiez le mieux le propriétaire.

Ils acquiescèrent en silence. Le détective tapota plusieurs fois le bout de sa cigarette contre le paquet avant de l'allumer.

— Dites-moi, Bermúdez, poursuivit-il derrière une volute de fumée, vous êtes certain qu'il n'y a eu ni dispute ni discussion entre les hommes masqués et la victime ?

— Absolument. Ils étaient trois. Nous avons d'abord entendu les détonations, quatre. Nous nous sommes précipités depuis la cuisine et, en entrant dans le bureau, nous avons vu les agresseurs qui s'enfuyaient vers la rue par la salle du restaurant. Cela n'a duré que quelques secondes, ajouta-t-il, tendu, comme s'il revivait l'épisode.

Les autres confirmèrent le récit de Bermúdez, qui coïncidait avec ce que Brulé avait lu ce matin-là dans les archives de la police. Ses doigts grassouillets tortillèrent les pointes de sa moustache tandis qu'il scrutait les yeux de Bermúdez — de petits yeux sombres et inquiets qui semblaient sauter d'un objet à l'autre.

Aux autres questions qu'il posa, tout le monde lui répondit d'une même voix. Leurs versions correspondaient à celles de leurs dépositions. Ce n'est pas avec eux qu'il progresserait dans son enquête, se dit-il.

— Guerrero, vous pensez qu'il avait des ennemis, Cristián ? finit-il par demander.

C'était un homme que l'obésité guettait, aux cheveux clairsemés, comme ceux du détective, mais à la peau rosée.

— Non, il était plutôt renfermé, tranquille, pas du genre à faire des histoires quand il avait bu, à mon avis, répondit Guerrero en haussant les épaules.

— De quoi parlait-il quand il avait forcé sur la boisson ? De politique ?

— Oui, assez souvent.

— Et alors ?

— Il était très critique envers les militaires.

— Vous diriez qu'il était communiste ?

Guerrero hésita, regardant ses collègues.

— À voir la vie qu'il menait, il ne semblait pas l'être, mais il paraît qu'il serait revenu au Chili en profitant du programme de l'Office national du retour, intervint Leal.

— Qu'est-ce que c'est que ça ? demanda Brulé en haussant les sourcils.

— Un projet gouvernemental pour aider les exilés politiques à rentrer au pays. Avec des facilités pour rapatrier leur voiture et leurs effets personnels.

— Et il y aurait eu recours ?

— Bon, un jour, il m'en a parlé à propos des deux fours à pizzas et des mixeurs, expliqua Leal.

Il avait des yeux tristes de poète raté et le physique d'un boxeur poids lourd.

— « Soyez très soigneux avec ces appareils, parce que j'ai l'intention de les faire entrer sans formalités douanières, en profitant du programme de retour, et si vous les abîmez, ce ne sera pas facile de les réparer », m'avait-il recommandé.

— Cristián avait quitté le pays avec le statut d'exilé politique ? demanda Brulé.

Les employés haussèrent les épaules.

Brulé mit un terme à la conversation. Il y avait du nouveau, et ce n'était pas le moins intéressant : Cristián serait revenu dans la mère patrie en 1990, comme exilé, après l'avoir quittée en 1980, alors qu'il était pinochétiste. Il fallait examiner avec soin ce changement radical.

Il voulut ensuite s'entretenir avec les cinq autres membres du personnel.

— Ils doivent être en train de préparer les tables, dit Guerrero.

— Est-ce qu'ils sont tous les cinq de service à cette heure ? demanda le détective.

— Tous sauf Lalo Gándara, répondit Guerrero. Lui, il est parti à l'arrivée de don Stéfano. Il a eu des problèmes, des histoires d'argent, et on l'a viré.

— Il levait un peu trop souvent le coude, et ça ne lui a pas réussi, crut bon d'expliquer Bermúdez. En général, il était le dernier à partir à l'époque de Cristián, pas tant à cause du boulot, mais parce qu'il vidait les fonds de verre.

Cayetano Brulé se dit que ce Gándara pourrait lui apprendre des choses qu'il ignorait. Les autres n'allaient pas prendre le risque de dévier d'un iota de leur déposition à la police. Il était probable qu'Alessi les avait menacés de renvoi si leurs déclarations provoquaient un complément d'enquête.

Lalo Gándara pouvait être l'exception.

— Où est-ce que je peux le trouver ?

— Pfff... lâcha Bermúdez, Lalo, il vit à Valparaíso, mais je ne sais pas trop où. Cela dit, il a un frère qui travaille dans le bâtiment, au Jardín del Mar.

Bermúdez lui expliqua comment trouver « Puma » Gándara, un maçon qui louait ses services à l'occasion.

Le détective jeta son mégot sur le sol et l'écrasa de la semelle avant de quitter le restaurant. Le ciel commençait à se dégager et la brise avait diminué.

Il avait trois idées en tête : visiter l'appartement de Cristián, faire un brin de causette avec Lalo Gándara et vérifier à l'Office national du retour sous quel statut Cristián Kustermann était rentré au pays.

7

Luis Berríos, fonctionnaire de l'Office national du retour de Valparaíso, était un homme obèse, d'âge mûr, aux manières de notaire aimable. Il se déplaçait lentement entre les bureaux et le mobilier en pin de ce nouveau département de l'Administration, installé au septième étage d'un immeuble du quartier du port.

— Votre adjoint m'a prévenu que vous désiriez consulter le dossier concernant Cristián Kustermann, dit-il, posant les deux coudes sur son bureau, mains croisées devant la bouche. Asseyez-vous. Un café ?

Cayetano Brulé ne refusa pas. Berríos buvait de la lavasse, mixture impossible à avaler à ce moment de la journée, mais il lui sembla que ce serait pire de résister plus longtemps aux appels insistants de son estomac.

Derrière ses verres de lunettes, qui étaient presque aussi épais que ceux du détective, Berríos le considéra avec sévérité.

— Nous n'avons pas l'habitude de permettre à des tiers d'accéder aux documents confidentiels, finit-il par déclarer, mais nous ferons une exception pour vous puisqu'il s'agit d'une enquête.

Il parlait d'une voix nasillarde et posée. Il était difficile de voir en cet homme « une menace pour la cohésion nationale ». À midi, Suzuki avait appris à Brulé que le fonctionnaire avait été torturé et emprisonné sous la dictature militaire à cause de son appartenance au Parti socialiste. Plus tard, on l'avait obligé à s'exiler. Le gouvernement démocratique lui avait confié ce poste nouveau car il était convaincu qu'il saurait accueillir comme il se devait les exilés qui rentraient.

Il souleva une chemise grise posée à sa gauche, près du téléphone, et la plaça au centre de son bureau. Il remua le contenu aqueux de sa tasse à café.

— Voyons. Don Cristián Kustermann... C'est son dossier... précisa-t-il après avoir ouvert la chemise. Que désirez-vous savoir ?

— Tout d'abord, s'il a effectivement fait appel à vos services pour revenir. Mais cette chemise prouve à l'évidence qu'il est rentré au Chili avec votre aide, n'est-ce pas ?

— Exact, répondit Berríos en fixant Brulé.

— À quelle date ?

— Date d'entrée, date d'entrée...

Il tourna quelques pages.

— Il est arrivé le 15 mars 1990, d'Allemagne. Voici sa requête, présentée fin août de cette même année, avec validation rétroactive.

Le programme, qui proposait d'aider les candidats à la réinsertion, avait été créé par le gouvernement Aylwin afin de faciliter le retour de centaines de milliers de Chiliens qui avaient fui la répression des militaires.

— Ce que je ne comprends pas, dit le détective, c'est que Kustermann, qui n'était pas parti en tant qu'exilé, ait profité du programme...

— Cela n'a pas d'importance, l'interrompit Berríos en replaçant ses mains devant sa bouche. Le programme ne fait pas la distinction entre les exilés et les Chiliens résidant normalement à l'étranger. Il s'adresse à tous ceux qui veulent revenir.

— Où a-t-il établi sa requête ? En Allemagne ?

— Oui, en Allemagne, où il vivait depuis octobre 1988.

— Comment, depuis octobre 1988 ? s'étonna Brulé.

D'après le père de Cristián et les archives de la police, la victime avait quitté le Chili en janvier 1980, à destination de l'Allemagne, où elle était demeurée jusqu'à son retour.

— C'est comme ça, monsieur, répondit le fonctionnaire avec un sourire sardonique. La date du séjour à l'étranger est primordiale pour pouvoir bénéficier du programme, sinon, même les touristes chiliens qui partent pour un mois pourraient en profiter.

Berríos tourna la chemise et montra à Brulé un document de la police allemande, accompagné de sa traduction, qui établissait que Cristián Kustermann avait résidé en République fédérale d'Allemagne du 1er octobre 1988 au 14 mars 1990.

La seconde date coïncide avec l'arrivée de Cristián au Chili, se dit le détective, mais la première ne correspond pas à la date de son départ du pays. Il y a un trou de huit années.

— Pourriez-vous m'en donner une photocopie ?

— Je ne devrais pas, mais je vous la ferai si toutefois vous m'expliquez pourquoi on a rouvert le dossier.

Brulé lui expliqua sa mission sans cacher qu'il soupçonnait vaguement que Cristián n'avait pas été exécuté par de simples voyous. Berríos remonta ses lunettes d'un geste qui trahissait sa profonde incrédulité.

— Et à quel genre d'assassinat pensez-vous ? demanda-t-il, soucieux.

— Aucune idée, je ne saurais vous dire, répondit Brulé en se lissant la moustache. Je suis au début de mon enquête Les collègues qui m'ont précédé n'ont pas été très heureux.

— Et la police ?

— L'affaire s'est enlisée. Ils ont décidé que c'était un crime crapuleux et ils n'ont toujours arrêté personne.

Le fonctionnaire tira sur les revers de sa veste et

s'assura que son nœud de cravate — une cravate bleue décorée de quelques petites fleurs — était bien en place.

— Ne s'agirait-il pas d'un crime politique? marmonna-t-il.

— On peut aussi l'envisager. Je ne sais pas.

— Un règlement de comptes, vous voyez.

— De la part de qui? l'interrogea Brulé.

— Allez donc savoir avec toutes les affaires restées en suspens, tant en Allemagne qu'au Chili...

Le fonctionnaire croisa de nouveau les doigts et demeura pensif, les yeux fixés sur les documents.

— En fait, il y a déjà eu tellement d'assassinats de propriétaires de magasins ou de restaurants qu'il pourrait ne s'agir que d'un crime de plus. C'est préoccupant. C'est le grand problème auquel est confronté le gouvernement.

Brulé fit mine de tourner la page devant lui.

— Et avant octobre 1988, où habitait Cristián Kustermann? demanda-t-il.

Berríos retourna la chemise vers lui et se remit à la feuilleter.

— Voici la liste de tout ce qu'il a rapporté, expliqua-t-il. Des effets personnels et du matériel de cuisine pour un peu moins de dix mille dollars, presque le montant maximum autorisé.

Il s'arrêta une fois encore devant le document de la police allemande.

— Désolé, mais il n'y a aucune indication à ce propos. Sans doute qu'avant cette date il se trouvait au Chili et qu'il aura profité du programme pour revenir.

Brulé répliqua que Kustermann avait quitté le pays durant plus de dix ans et qu'il était important de savoir où il avait passé le reste de son temps.

— Il n'y a rien là-dedans qui donnerait une idée de l'endroit où il se trouvait auparavant? demanda-t-il.

— Non. Rien sur la vie de Kustermann avant son

arrivée en Allemagne. La police des frontières devrait être au courant, même si elle se contente d'apposer un tampon et d'enregistrer chaque passager au départ des vols vers l'étranger. Vous avez pensé à lui demander ?

Il n'en avait pas l'intention, ce serait inutile. La destination d'un vol ne fournissait que le nom de l'aéroport où il atterrissait. Quel intérêt de savoir que l'avion s'était posé à Francfort-sur-le-Main ? L'Allemagne n'était-elle qu'une étape vers l'Asie, ou l'Europe de l'Est, ou l'Afrique ? Qui sait ? En outre, il était fort probable que le départ de Cristián avait été effectivement enregistré par les autorités en janvier 1980, avec l'Allemagne pour destination.

— Ce document de la police allemande exclut la possibilité que Cristián ait vécu en Allemagne antérieurement ? insista le détective.

Le fonctionnaire relut la traduction.

— Ce document a été rédigé en fonction des exigences du programme. Pour nous, l'important est de savoir si le postulant a effectué un séjour prolongé à l'étranger. D'après ce que je lis, dit-il en prenant un coupe-papier, il apparaît que Kustermann a habité en Allemagne pendant la période indiquée.

Brulé soupira, troublé. Le père de Cristián ne s'était donc pas aperçu que son fils n'avait pas toujours vécu en Allemagne. On ne peut cacher un tel changement, avec l'échange de lettres, songea-t-il. Il était étonnant que le père ne lui en eût pas soufflé mot.

— Je vais faire votre café, annonça Berríos avec un léger sourire, comme pour s'excuser.

8

C'est avec circonspection que le concierge de l'immeuble Caribe assista à l'intrusion de Cayetano Brulé et de son adjoint dans l'appartement 1001. Les deux serrures résistèrent longtemps aux gestes précis de Suzuki qui y avait introduit les clefs envoyées par don Carlos Kustermann.

Quand la porte s'ouvrit sur les pièces plongées dans l'obscurité, une bouffée d'air tiède les frappa au visage.

— L'interrupteur est à droite, précisa le concierge sans franchir le seuil, l'autorisation écrite de don Carlos Kustermann dans la main droite, une lanterne chinoise dans la gauche.

Il attendit qu'ils aient refermé la porte pour se retirer et se retrouva seul au dixième étage avec l'impression que les voisins l'espionnaient derrière leur judas.

— Les types de la police ne sont jamais venus fouiller ici, parce qu'ils ont conclu à une simple agression, dit Brulé en s'avançant sur un tapis rouge et poussiéreux.

Suzuki tira les rideaux, remonta les persiennes et ouvrit les fenêtres, laissant entrer la lumière et l'air frais.

Dès que le soleil de l'après-midi eut révélé les contours des pièces et du mobilier du mort, Brulé fut pris d'un sentiment de culpabilité. C'était la seconde fois que cela lui arrivait — il avait ressenti la même chose après le décès de sa grand-mère veuve, qui avait vécu à Flagler Street, quand Miami n'était pas une ville latino. Cayetano, qui n'était alors qu'un garçonnet en culottes courtes et portant béret de pelotari, avait été présent lors du déménagement des affaires du petit appartement que louait sa mamie.

Dans celui-ci, comme chez la mamie, de nouveaux locataires s'installeraient avec leurs meubles et le lieu résonnerait du bruit de leurs voix, serait témoin de leurs rêves et de leurs amours, de leurs disputes aussi, qui effaceraient, comme sur l'ardoise de l'école, le passé des occupants précédents. Plus tard, d'autres leur succéderaient, qui à leur tour seraient remplacés par des gens indifférents à l'existence de ceux dont ils prendraient la place.

L'appartement de Cristián était magnifique. Il se composait de deux pièces, d'une cuisine et d'une grande salle de bains en céramique blanche. Des peintures à l'huile étaient accrochées dans le salon-salle à manger. Face à la grande baie qui ouvrait sur le balcon, le mur disparaissait derrière une bibliothèque. Il y trouva, outre les livres, des figurines de porcelaine, une chaîne hi-fi et un téléviseur à écran de quarante-huit centimètres.

— Il aimait la musique tropicale, comme vous, chef, remarqua Suzuki en farfouillant dans les disques et les cassettes.

— Inspecte les tiroirs de la bibliothèque et du buffet. Je m'intéresse en priorité à tout ce qui est papiers personnels et documents administratifs, y compris les factures. Tu me les poses en tas sur la table, ordonna Brulé.

Il alluma ensuite une cigarette et se débarrassa du sac de polyester qu'il portait sur le dos et dont le contact était déplaisant dans cette atmosphère encore viciée. Il défit son nœud de cravate et pénétra dans la chambre.

Devant le vaste lit, une armoire à glace occupait toute la longueur d'un mur. Un autre grand miroir, accroché au plafond, lui renvoya son image d'en haut. Il se découvrit plus chauve, plus pâle et plus gros que jamais. Ses jambes semblaient extraordinairement courtes et son ventre débordait de la ceinture. Il soupira et décida que la déformation de sa silhouette était due à la position du miroir.

Il ouvrit les deux portes centrales de l'armoire et trouva un autre téléviseur et un magnétoscope. Par simple curiosité, il s'intéressa aux cassettes posées sur le téléviseur. Il y avait quelques films d'action, deux Rubén Blades[1], deux films érotiques vénézuéliens et la cassette du fameux concert donné dans les thermes de Caracalla, à Rome, par Pavarotti, Carreras et Domingo.

— Chef, l'interrompit Suzuki, debout sur le seuil.

Il tenait entre les mains de nombreuses enveloppes.

— J'ai trouvé un tas de lettres envoyées d'Allemagne. Je n'y comprends rien.

— C'est pas avec toi que les Allemands auraient pu former notre armée[2], répondit le détective en introduisant un film érotique dans le magnétoscope. Ne les mélange pas. Autre chose d'intéressant ?

— Des factures, des photos et des préservatifs.

— Les préservatifs, tu n'as qu'à les vendre à bas prix dans ta boutique. Ce sera notre contribution à la lutte contre le sida. Mais montre-moi les photos. Elles sont vieilles ?

— Je ne saurais vous dire.

Brulé arrêta la cassette au moment où défilait le générique et éteignit l'appareil.

1. Chanteur et modernisateur de la salsa. *(N.d.T.)*
2. Allusion à la Prusse qui participa à la création de l'armée chilienne vers 1870. *(N.d.T.)*

Il s'agissait d'une trentaine de photos en couleurs. Sur certaines, on voyait Cristián qui enlaçait Paula Gómez, sur la plage de Reñaca. En dépit de ses quarante ans, elle avait les jambes fermes et la taille fine. D'autres montraient le couple sur la terrasse d'une maison, souriant et détendu devant un verre de bière.

Cristián apparaissait aussi en compagnie d'un groupe de clients à l'intérieur de son restaurant. Visage mince et souriant, cheveux gominés vers l'arrière, l'allure sportive, il était debout, en costume, au milieu de quelques clients élégants. À l'annulaire gauche, il portait une étrange bague sertie d'une pierre noire triangulaire. Certaines photos, enfin, le montraient à une table, en chemise blanche sans cravate. Tous ces clichés avaient un point commun : le flash figeait les grands sourires de ces estivants bronzés qui affichaient un plaisir de circonstance.

— Garde-les. Nous les emporterons, ordonna Brulé.

Dans divers tiroirs il trouva du linge de corps, des chaussettes et des chemises soigneusement pliées. Dans l'autre partie de l'armoire étaient suspendus des pantalons, en majorité des jeans, deux vestons, quelques vestes d'hiver et un imperméable noir plutôt passé de mode qui portait la marque suivante : « VEB Fortschritt — Zwickau ».

— Tu sais où ça se trouve, Zwickau ? cria Brulé.

— Qu'est-ce que vous dites, chef ? demanda Suzuki en s'approchant.

Il lui montra l'étiquette.

— Zwickau, tu sais où ça se trouve ?

Le Japonais observa l'imperméable et haussa les épaules.

— J'ai l'impression que c'est dans l'ancienne Allemagne de l'Est, se répondit à lui-même le détective.

— Ça ne veut rien dire, chef, parce que les Allemands de l'Est exportaient beaucoup à l'Ouest. Figurez-vous qu'ils vendaient des appareils photo Konika au Chili. Vous ne connaissez pas les Zenith russes ?

Dans le tiroir d'une des deux tables de chevet en acajou de la chambre, le détective trouva un gros carnet noir, grand format — un agenda de bureau de l'année précédente. Il s'assit sur le lit, alluma une énième cigarette — il en avait perdu le compte — et commença à tourner les pages.

Les annotations, qui étaient sans nul doute de la main de Cristián, avaient été écrites au stylo à bille ou au crayon. Quelques indications brèves, rapidement griffonnées, où seule l'heure du rendez-vous ressortait distinctement. La dernière remontait au 20 décembre : « Acheter cadeaux famille », et l'avant-dernière était du 15 novembre : « 11 h 30 Paula Samoiedo. » Cristián avait été assassiné le 11 octobre de cette même année. Il y avait d'autres rendez-vous qu'il n'avait pu honorer.

Vers les huit heures et demie du soir, alors que le jour commençait à décliner rapidement, les deux hommes quittèrent l'appartement. Ils avaient chargé dans deux sacs en plastique les documents que Brulé voulait étudier de près.

9

Durant la nuit, les documents récupérés dans l'appartement de Cristián lui fournirent quelques pistes intéressantes. Il éteignit la lampe de bureau posée devant la fenêtre et demeura un long moment assis, le regard tourné vers le port tandis que sa cigarette se consumait entre ses doigts. Esperanza dormait sur un canapé. Le long du môle, de gigantesques porte-conteneurs se dressaient sous la lumière des projecteurs.

Il était parvenu à classer dans l'ordre chronologique bon nombre de lettres écrites en allemand et envoyées de Bonn par une femme du nom de Jelle Schwarzkopf. La première remontait à deux ans et demi, à l'époque où la victime avait quitté la capitale allemande, la plus récente était datée de septembre, un mois avant son assassinat. Brulé comprenait suffisamment l'allemand pour deviner qu'il s'agissait d'une correspondance très privée.

Comme la vie de Cristián au Chili n'offrait pratiquement qu'une page blanche à décrypter, Jelle Schwarzkopf pourrait lui fournir des renseignements sur son existence mystérieuse à l'étranger. S'il avait passé plusieurs années dans un autre pays, pour, huit ans plus tard, retourner en Allemagne, avant de revenir au Chili en bénéficiant du programme de retour, Jelle serait peut-être capable de lui dire où il avait résidé avant cette date.

Il ne serait pas difficile de le vérifier, à condition que don Carlos Kustermann accepte de financer un voyage à Bonn pour y rechercher cette dame. Au Chili, l'enquête de Brulé n'avait pas tardé à le conduire dans une impasse et son succès dépendait désormais des moyens que la famille de la victime voudrait bien lui accorder.

Mais il y avait un problème de taille : dans ses lettres, Jelle ne mentionnait pas une seule fois son adresse, ce qui la rendait pour l'instant introuvable. Un appel au service des renseignements internationaux s'était révélé infructueux, car son nom ne figurait pas dans l'annuaire de Bonn. Il ne lui restait plus qu'à s'y rendre, se dit-il, déçu.

Il eut envie d'un rhum et se dirigea vers la cuisine. La maison était plongée dans l'obscurité. Il prit une bouteille de Bacardi bien entamée dans le meuble de coin et se servit un verre qui lui remit du cœur au ventre. Il retourna vers la galerie avec la bouteille et son fond de verre. Dans le couloir, il fit craquer le parquet, ce qui réveilla Esperanza.

Il posa sa cigarette dans le cendrier et le verre sur un buvard afin de ne pas tacher son bureau en pin d'Oregon. Il attacha avec une ficelle les enveloppes « par avion » — les lettres étaient écrites sur du papier recyclé — et les rangea dans le tiroir central de son bureau. Il envisagea un instant de demander à Paula Gómez de lui traduire cette correspondance, avant d'en abandonner l'idée.

Il tenait aussi une autre piste, grâce à plusieurs exemplaires d'une revue consacrée à l'actualité politique sud-américaine, éditée à Bonn par un « Solidaritätskomitee mit Lateinamerika[1] ». Ils avaient été achetés, ainsi que des livres, dans une boutique de cette ville, *La Librería*, installée dans la Wolfstrasse.

1. Comité de solidarité avec l'Amérique latine. *(N.d.T.)*

Outre les articles et les reportages, on pouvait y lire de longues analyses sur la situation au Chili, rédigées par un certain Luciano Rojo. Brulé avait remarqué que ces articles étaient entourés au crayon, avec, dans la marge de certains paragraphes, l'annotation « Mal traduit », sans doute de la main de Cristián. Cette prose était consacrée aux mouvements d'opposition au général Pinochet, et il apparaissait que le nom de l'auteur, Luciano Rojo, était le « pseudonyme d'un journaliste chilien dévoué à la cause de son peuple ».

Freies Lateinamerika[1] était le type même de la feuille gauchiste européenne destinée à quelques groupuscules de jeunes révoltés issus de la société industrielle qui prenaient fait et cause pour les opprimés du tiers-monde. Des révolutionnaires anticapitalistes financés par les coffres-forts du capitalisme, se dit Brulé en continuant à feuilleter.

Le logo montrait un poing noir sur une carte entièrement rouge de l'Amérique du Sud. Parmi les annonceurs de la revue, imprimée sur du papier recyclé, on comptait des librairies féministes ou homosexuelles, des mouvements associatifs, des restaurants végétariens, des agences de voyages spécialisées dans le camping à Cuba, quelques acupuncteurs vietnamiens et des disquaires proposant de la salsa et de la musique des Andes.

À cette heure matinale, Brulé acquit la conviction que Luciano Rojo et Cristián Kustermann ne faisaient qu'un. Le comité de rédaction de *Freies Lateinamerika*, composé d'Allemands et de Sud-Américains, pourrait lui fournir des informations sur la victime et l'aider à retrouver Jelle Schwarzkopf.

Toutefois, un troisième élément présentait encore plus d'intérêt. Il s'agissait de quelques mots qui revenaient à plusieurs reprises dans l'agenda.

1. Liberté pour l'Amérique latine. *(N.d.T.)*

Le 11 juillet de l'année précédente, autrement dit trois mois exactement avant d'être abattu, Cristián avait noté au crayon rouge ces mots à première vue dépourvus de sens : « Silvio au Chili ! ! Prévenir Samuel. » Le 10 août, le 10 septembre et le 10 octobre, il avait écrit : « Rendez-vous avec Silvio. » Cependant, s'agissant du 10 octobre, ces mots, par la suite, avaient été barrés au crayon bleu et, à côté, il avait noté : « Annulé. En attendant mieux. »

Pour Brulé, il n'y avait aucun doute. Samuel ne pouvait être que Samuel Léniz. Quel était le lien entre ces trois hommes ?

Jusqu'à ce jour, personne, parmi ceux avec lesquels il avait parlé de Cristián, ne lui avait cité le nom de Silvio. Évidemment, l'agenda de la victime était rempli d'engagements, de rendez-vous et d'annotations, mais tout cela avait un caractère quotidien, reflet de la vie d'un commerçant : achats, visite aux Impôts, entretien du matériel, réservations pour des groupes, maladie de quelque employé. Seul, le nom de « Silvio » ne relevait pas de cette routine. En outre, il était écrit en rouge, contrairement à tous les autres. Qui était Silvio ? Avait-il un rapport avec la mort de la victime ?

Une chose paraissait certaine : si Cristián avait noté en rouge que Silvio se trouvait au Chili, cela signifiait forcément qu'il n'y était pas auparavant. Mais qu'est-ce que ça voulait dire ? Que Cristián ne s'attendait pas à l'y voir pour la bonne raison qu'il avait l'habitude de le rencontrer ailleurs, dans un pays où on pouvait supposer qu'ils s'étaient connus ? L'Allemagne ou un autre pays ? À moins que Silvio eût quitté le Chili, où ils se connaissaient déjà, avant d'y retourner sans que Cristián fût mis au courant ?

Il continua à feuilleter l'agenda. Sa couverture était en cuir, il avait été fabriqué à Boston, et les mois et les jours de la semaine étaient écrits en trois langues : espagnol, anglais et français. Le dernier tiers était réservé aux adresses. Celle de Silvio ne figurait nulle part.

C'est alors qu'il nota un détail qui pouvait être fortuit, mais, comme il se répétait avec une certaine régularité, il avait peut-être une signification. Trois jours après sa première rencontre avec Silvio, le 13 août, Cristián avait noté : « Aller à l'intérieur. » Et le 13 septembre, il avait répété l'unique mot « intérieur ». Que pouvait signifier « aller à l'intérieur » ? Y avait-il une relation entre les rencontres avec Silvio et le mot « intérieur » ?

Il desserra le nœud de sa cravate, se resservit une double ration de rhum et alluma une cigarette. Il avait envie de deux œufs frits et d'un petit café. D'ici une heure, le jour se lèverait et la grive qui avait fait son nid dans l'abricotier du jardin se mettrait à chanter.

Il pénétra dans la cuisine, suivi d'Esperanza, et s'efforça de sortir la poêle et d'allumer le gaz sous la cafetière italienne sans faire de bruit. Il ne trouva qu'un œuf et utilisa une noisette de beurre à défaut d'huile. L'œuf grésilla et brûla, mais il le dévora dans la poêle accompagné d'une tranche de pain rassis qu'il partagea avec la petite chienne.

Le rhum l'avait revigoré. Après l'œuf, et en attendant le café, il eut envie d'un autre verre. Il réfléchit à ses prochaines démarches. Tout d'abord, il fallait mettre un visage sur le dénommé « Silvio » et il était donc nécessaire d'enquêter auprès de ceux qui avaient côtoyé Cristián. Par la suite, il lui faudrait absolument contacter la revue allemande et Jelle Schwarzkopf — c'était le seul moyen de percer le mystère de son séjour en Allemagne.

10

Ce matin-là, quand Cayetano Brulé demanda à la femme qui lavait du linge dans une auge de maçon où on pouvait trouver Lalo Gándara, celui-ci cuvait sa cuite de la veille.

La maison était faite de planches et le toit était en tôle. Elle disposait d'un petit balcon branlant, en bois, qu'il fallait franchir avant d'atteindre la porte. La radio passait un air de mérengué, les chiens aboyaient, et il y avait tant de plantes qui débordaient et pendaient de leurs pots que le détective eut l'impression de débarquer dans un quartier situé sous les tropiques.

— Je vais voir s'il y a moyen de le réveiller, dit la femme d'un ton aimable, en disparaissant derrière la porte.

Du balcon, on apercevait le port et, au nord, Viña del Mar, encore enveloppée dans la brume matinale. Brulé alluma une cigarette, en protégeant la flamme de la brise marine, et aspira profondément.

— Bonjour ! lui lança Brulé quand il aperçut « Lalo ».

Ce dernier s'approcha, le pas hésitant. Son sweater était taché et son pantalon ouvert.

— Je voulais avoir votre avis à propos d'une affaire, ajouta-t-il pour l'impressionner.

Lalo essaya de mettre de l'ordre dans ses longs cheveux graisseux qui lui retombaient sur le front et faillit perdre l'équilibre. Il se rattrapa à la rambarde. Il avait les yeux injectés de sang et n'était pas vraiment réveillé. Le détective estima que son état lui permettrait d'interroger plus facilement l'ancien plongeur de la pizzeria, d'autant qu'il était probablement en délicatesse avec la justice dans plus d'une affaire.

— Il a fait quelque chose de mal, mon frère ? demanda la femme quand elle ressortit de la maison.

Elle avait sans aucun doute écouté derrière la porte.

— Lalo et moi, nous allons faire un brin de causette dehors, expliqua Brulé, et il tapota l'épaule du poivrot pour qu'il se décide à bouger, car il restait planté au milieu du balcon, indifférent à tout.

Ils partirent vers le haut de la colline, jusqu'au Camino Cintura, qui fait le tour de la ville par les hauteurs. Des gosses et des chiens les suivirent un moment.

— Si tu m'aides, je te lâche tout de suite, mais si tu as perdu la mémoire, tu vas t'attirer des ennuis, le prévint aussitôt Brulé.

Ils se dirigèrent vers le Cerro Mesilla, suivant le chemin qui longe la ravine encaissée, au-dessus des toits de tôle des bicoques du quartier.

Ils formaient un drôle de couple, Lalo avec son sweater crado, son pantalon de gabardine élimé, ses chaussures qui avaient besoin d'un coup de chiffon, et l'enquêteur avec son costume de polyester et sa cravate lilas qui, dans le Cerro Toro, lui donnaient l'air d'un monsieur.

— Tu te souviens de don Cristián Kustermann, le propriétaire d'*Il Amico* ?

L'homme acquiesça et s'arrêta.

— Comment que j'aurais pu l'oublier, alors qu'il a été si bon pour moi ?

Brulé lança un regard aux alentours, jeta son mégot et l'écrasa sous sa botte bien lustrée. Puis, les mains dans les poches, il se remit à marcher, suivi de Lalo.

— On n'a toujours pas découvert l'assassin.
— Ils n'ont pas arrêté des types ?
— Fais pas l'idiot, Lalo, tu sais qu'on les a relâchés.
— Ouais, il y a des pays où les crimes ne sont jamais élucidés, ajouta Lalo en cherchant quelque chose dans ses poches, vides, sans aucun doute.
— Épargne-moi ta philosophie à deux ronds, l'avertit Brulé.
— Pauvre don Cristián, se lamenta Lalo. C'était vraiment un chic type.
— Ce qui ne t'a pas empêché d'en profiter.
— Je sais, vous faites allusion à mon penchant pour la bouteille, répondit l'ex-plongeur avec un petit sourire.
L'air matinal lui faisait du bien. Il essaya une fois encore d'arranger ses cheveux, en vain, la mèche rebelle lui retombant sur les yeux.
— Mais je ne lui ai jamais rien volé, même pas une bouteille.
— Et Alessi, pourquoi il t'a viré ?
Lalo proféra un juron qui se confondit avec un rot.
— Pardon, s'excusa-t-il, la main sur la bouche. Don Cristián, je ne l'ai pas volé, jamais. J'emportais seulement ce qui restait dans les verres et les carafes, et il était d'accord, du moment que je le buvais chez moi.
Il fit une nouvelle halte.
— Vous ne m'offrez pas une cigarette ? demanda-t-il.
Brulé lui en tendit une avant de se servir. Il rangea son paquet dans la poche de son veston et lui donna du feu. L'ex-plongeur n'empestait pas seulement l'alcool mais aussi le tabac et une odeur de crasse vieille de plusieurs jours.
— Pourquoi il t'a viré, Alessi ?
L'homme tira avec force sur sa cigarette et sourit en regardant la baie où s'abritaient des bâtiments de guerre.

— Sur cette colline, les matinées ne sont jamais deux fois les mêmes, remarqua-t-il en soufflant la fumée.

— Laisse tomber la poésie et explique-moi pourquoi Alessi t'a foutu à la porte.

— Il m'a surpris en train de dormir, avoua-t-il en baissant les yeux.

Un minibus passa lentement près des deux hommes en pétaradant. Le conducteur ralentit encore au cas où ils auraient voulu monter.

— Et don Cristián ne t'a jamais surpris à piquer dans la caisse ? demanda Brulé, le regard posé sur la Vierge que le chauffeur avait installée près du tronc.

— Deux fois, mais il ne m'a pas renvoyé, il m'a fait rembourser par mensualités. C'était pas beaucoup, cinq ou dix mille pesos.

— Qu'est-ce que tu savais sur don Cristián pour qu'il ne te vire pas ? Tu devais certainement savoir quelque chose, ou il t'aurait foutu dehors à coups de pied...

Lalo esquissa un sourire roublard. Parvenus au Cerro Mesilla, ils décidèrent de redescendre par l'avenue Carampangue vers le Plan[1].

— Ne t'inquiète pas, nous reviendrons en *colectivo*[2], le rassura Brulé tandis qu'ils empruntaient les pavés de l'avenue qui s'enfonçait dans la colline avant de déboucher sur la petite place de la Douane, frontière du quartier chaud du vieux port.

Ils obliquèrent vers la place Echaurren, passèrent devant l'église La Matriz et pénétrèrent dans un bar minable et désert. Ils commandèrent deux Becker.

— Il avait des ennemis, don Cristián ?

1. Désigne une étroite surface plane, au bord de la baie. C'est le centre des affaires. *(N.d.T.)*

2. Taxi collectif, pouvant prendre jusqu'à quatre personnes. *(N.d.T.)*

— Pourquoi qu'il en aurait eu, un homme aussi bon ! s'exclama Lalo, visiblement réconforté par la première gorgée de bière.

Il demanda une autre cigarette. Brulé lui tapota l'épaule.

— Souviens-toi, Lalo. Peu avant sa mort, est-ce qu'il n'a pas eu une discussion un peu particulière dans son restaurant ? Prends ton temps. Inutile de me répondre tout de suite, bois ta bière, fume ta cigarette et souviens-toi. Est-ce qu'il y a eu une discussion avec un type ?

Un client mit une chanson de Yaco Monti dans le juke-box, ce dont profita Brulé pour commander deux autres bières et jeter un coup d'œil en coin à Lalo. Il avait les mains noires et les doigts tachés de nicotine. Il regardait fixement la table. Il balançait sa canette à moitié vide au rythme des lamentations du chanteur.

— Souviens-toi, Lalo. Repenses-y : une discussion, une dispute, une visite prévue qui aurait mis don Cristián sur les nerfs. Cela ne t'aura pas échappé puisque tu l'observais, intéressé que tu étais par les bouteilles et les billets qu'il y avait dans son bureau.

Lalo plissa les yeux, comme s'il cherchait un point particulier sur la table, et tira sur sa cigarette. Brulé, qui n'était pas assis en face de lui, observa le visage olivâtre et le profil aquilin du plongeur.

— Une dispute, non, jamais de dispute, dit-il soudain, comme s'il émergeait de profondes réflexions. Mais c'est vrai qu'un après-midi il s'est enfermé avec un type dans le bureau, un type qui n'est jamais revenu et qui n'avait rien à voir avec les affaires. Ils ont discuté à voix haute, de politique, il me semble...

— De politique ou d'affaires ?

— Je ne sais pas, vous pouvez me croire.

— De drogue, peut-être ?

— Je viens de vous dire que j'en sais rien, répondit Lalo, élevant la voix et serrant plus fort son verre.

— Comment il était, ce type ?

— J'ai même pas vu son visage, répliqua Lalo. Parce qu'il est entré et reparti par la porte principale et j'ai seulement entendu leurs voix pendant la discussion, qui a duré longtemps, avant l'arrivée des clients. Je ne me souviens pas d'une autre discussion.

Brulé posa les coudes sur la table. Le garçon apporta les bières. Le détective remplit leurs verres. S'il n'avait pas aperçu l'homme, cela rendait les choses plus difficiles.

— Tu te souviens de sa manière de parler ?

— Maintenant, oui. Comme un Colombien, répondit Lalo, une faible lueur dans les yeux. Don Cristián et lui sont allés sur la plage.

— Avant ou après leur discussion ?

— J'ai pas droit à un petit quelque chose pour cette information ? Faudrait pas que subitement je perde la mémoire, menaça Lalo.

Brulé introduisit la main dans la poche de son pantalon, en sortit deux billets usagés de mille pesos et les posa devant Lalo. Ses mains tremblantes attrapèrent les billets, les plièrent et les firent disparaître sous son sweater.

— Ils sont allés se promener avant ou après leur discussion ?

— Après, oui, parce qu'il n'est pas revenu, il est monté dans le taxi qui attendait dehors.

— Donc tu l'as vu, conclut Brulé en posant une main ferme sur le bras de Lalo.

Celui-ci lui rendit son regard, mais il ne fut pas capable de le soutenir longtemps.

— Sauf que c'est comme si je l'avais pas vu, parce que je l'ai aperçu que de dos, au moment où ils sont partis sur la plage. Ils sont allés discuter près des vagues, sur le rivage.

— Et à leur retour ? Tu ne les as pas aperçus de face ?

— Je ne les ai pas vus revenir.

Brulé jeta un coup d'œil vers la rue. Un taxi passa lentement devant la porte du bar et s'arrêta un peu plus loin. Il ne pouvait distinguer que l'arrière du véhicule, noir.

— Ce fameux Colombien, comment était-il habillé ?

— Costume sombre, avec une cravate, sûrement. Un peu plus grand que don Cristián, du même âge, à mon avis.

— Et physiquement ?

— Je vous l'ai pas dit ? répondit Lalo en se mettant à gesticuler. Je l'ai aperçu que de dos. Il était plus grand que don Cristián, plutôt blond et avec une coupe comme les curés.

— Une tonsure ?

— Comme le crâne rasé des saints dans les églises. Il semblait pas être chilien, mais, de nos jours, il y a tant de Chiliens qui parlent bizarrement ! Lui, il parlait comme un Colombien, pas comme un Chilien ou un Argentin. Le truc dont je suis sûr, dit-il après une pause, c'est qu'il est reparti en taxi, parce que celui-ci l'avait attendu devant la porte tout le temps qu'il discutait.

L'espace de quelques secondes, Brulé pensa à une affaire de drogue. Le juke-box passait une autre chanson. Il reconnut *Ojalá llueva café*, de Juan Luis Guerra.

— Cette petite réunion, elle a eu lieu combien de temps avant le crime ?

Lalo avala une bonne gorgée de bière.

— Souviens-toi, Lalo, souviens-toi. Il n'est jamais revenu, ce type ?

Lalo lança un juron.

— Vous m'avez pas dit que vous me laisseriez tranquille si je vous filais un tuyau ? répondit-il. Je vous ai raconté tout ce que je sais, je me rappelle rien d'autre.

— Silvio, ça ne te dit rien ? Il n'a jamais téléphoné, Silvio ?

Lalo vida son verre et rota avec un geste de soulagement.

— Si.

— Tu es sûr ?

Brulé remplit le verre de Lalo.

— Oui, deux fois. Enfin, ces deux fois, c'est moi qui lui ai répondu, vu que don Cristián, il faisait des achats, répliqua Lalo, pas mécontent de sa mémoire.

— Il avait la même voix que le Colombien avec lequel il avait parlé ? insista le détective.

— Non, parce qu'en fait c'est une femme étrangère qui a appelé, de la part de Silvio. Je me suis dit que c'était un code, avec sa maîtresse, ajouta-t-il avec un sourire malicieux. Vous savez que don Cristián, il sortait avec la vieille, Paula.

Lalo vida son verre, se croisa les bras et y appuya le front, comme s'il se sentait mal. Un instant, Brulé eut le sentiment que cette tête n'appartenait plus à ce corps malodorant. Une mouche se posa sur les cheveux de l'ivrogne.

Dans cette tête, la masse encéphalique a dû doubler de volume, songea le détective.

Après avoir demandé la permission, Lalo se dirigea d'un pas mal assuré vers les toilettes. Quand il en revint, sa braguette était ouverte et son pantalon mouillé.

— La Colombienne, tu ne l'as jamais vue au restaurant ? Il ne lui est pas arrivé de la raccompagner dehors ?

— Jamais, répondit Lalo en reprenant sa place et en tentant de garder la tête droite.

Le détective finit sa Becker. Il était tôt pour boire, mais, à cette heure, il appréciait la saveur amère de la bière.

— Écoute, reprit-il. Comment ça s'est passé la nuit du crime ? Raconte-moi et je te fous la paix. Mais n'oublie aucun détail.

— Ça s'est passé très vite, répondit Lalo en fermant

les yeux, et on s'en est à peine aperçu. J'étais en train d'essuyer des assiettes quand j'ai entendu les voix des types, à côté, et puis les coups de feu. J'ai couru vers le bureau de don Cristián pour voir les types décamper.

— Ils ont parlé ? Qu'est-ce qu'ils ont dit ?

— Bon, un seul, qui a appelé don Cristián.

— Comment ça, qui a appelé Cristián ? Par son nom ?

— Oui, par son nom.

11

Samuel Léniz n'arriva jamais à son rendez-vous avec Cayetano Brulé. Il mourut dans sa voiture.

Sa VW Coccinelle, modèle 1976, s'était précipitée hors de la route 68, à trois kilomètres seulement de Valparaíso, avant de prendre feu.

Le détective parvint sur les lieux de l'accident après trois heures de l'après-midi. Entendant la nouvelle à la radio, Suzuki avait couru prévenir son chef qui attendait Léniz au restaurant *Bote Salvavidas*, comme convenu.

Le corps de la victime gisait à mi-chemin de la route et du véhicule, sur un terrain aride, parmi des térébinthes desséchés, dissimulé par une petite couverture qui laissait voir ses pieds sans chaussures. Comme dans les films, se dit Brulé en allumant une cigarette avant d'en offrir une au lieutenant des carabiniers.

— Il est passé au travers du pare-brise, sinon, il aurait fini calciné, fit remarquer le policier en protégeant la flamme que lui tendait Brulé. Cela ne lui aura servi à rien, ajouta-t-il avec un haussement d'épaules.

Le détective eut la conviction que la mort de Léniz l'avait privé d'une de ses meilleures sources d'information. Étant donné l'existence solitaire et mystérieuse qu'avait menée Kustermann, son ami lui aurait fourni des éclaircissements utiles à son enquête.

En y réfléchissant bien, Léniz était mort par sa faute, se reprocha Brulé, amer. C'est en venant le trouver pour lui parler de Cristián qu'il avait connu une fin tragique. Il se caressa la moustache.

— Vous êtes un parent ? marmonna le carabinier, en affichant un visage de circonstance.

Sa voix ramena Brulé à la réalité. Il lui montra sa carte de détective et souleva la couverture tachée de sang pour jeter un coup d'œil au cadavre. Dans la ravine soufflait un vent violent, chargé de fines particules de sable qui piquaient les yeux.

— Vous le connaissiez ? demanda le carabinier.

Il avait encore les yeux ouverts. La bouche aux lèvres fines, d'où s'écoulait un filet de sang, était figée dans une expression de terreur. La peau avait durci comme s'il était mort depuis longtemps.

Brulé secoua la tête. Le vent souleva sa cravate lilas.

— Et le juge ? demanda-t-il.

— Il n'est pas encore arrivé. Il y a eu un autre accident à Peñuelas. La routine, répondit le policier avec un geste traduisant autant son irritation que sa résignation.

Un carabinier, qui achevait d'inspecter la voiture, lui adressa un signe.

Léniz portait un jean, une veste en daim et les cheveux longs d'un footballeur argentin. Une épaisse flaque de sang s'était formée à hauteur de son estomac et elle avait coloré quelques rochers et des térébinthes.

La mort se veut discrète, songea le détective, observant le visage et les mains de la victime. Elle se contente d'être là, sûre d'elle, parfaite, silencieuse, refusant le juste milieu, immobilisant à jamais les gestes d'un homme jeune qui, il y a peu, fredonnait sans doute un air d'Eric Clapton dans sa voiture.

Il tira longuement sur sa cigarette et souffla un nuage de fumée qui s'effilocha aussitôt.

— Mon capitaine vous demande de le couvrir, lui

lança soudain le lieutenant dans son dos, désignant du menton le gradé qui se trouvait cent mètres plus bas, près de la Volkswagen.

Samuel avait des mains blanches et fines de pianiste. Le détective s'apprêtait à recouvrir le cadavre quand il repéra à l'annulaire gauche une bague avec une pierre noire semblable à celle qu'il avait vue à la main de Cristián Kustermann.

— Je vous ai dit de le recouvrir, répéta le carabinier.

Brulé déplia la couverture de manière qu'elle ne dissimule pas la main du mort. Là-haut, sur le bord de la route, l'habituel groupe de badauds s'était agglutiné. Le détective écouta le brouhaha sourd de leurs commentaires. Quelqu'un expliquait comment s'était produit l'accident.

Aucun doute, se dit-il, observant de nouveau la main. La bague était identique à celle que portait Cristián sur les photos prises dans son restaurant. La forme triangulaire de la pierre noire était trop particulière pour qu'on l'oublie et ce n'était pas le genre de bague que les hommes ont l'habitude de porter au Chili. Comment expliquer qu'ils possédaient tous deux la même ?

Il jeta un dernier regard à la Coccinelle calcinée, qui, les pneus en l'air, gisait au fond de la ravine, et décida de regagner la route. Suzuki l'y attendait dans la Lada.

— Ils l'emmènent à la morgue de Valparaíso ? demanda-t-il au carabinier.

L'homme en uniforme s'approcha du cadavre et disposa la couverture de manière à dissimuler la main de Léniz.

— Il va falloir attendre, répondit-il en s'affairant.

Brulé entreprit l'escalade. La terre sèche et les affleurements rocheux l'obligèrent plusieurs fois à s'accrocher aux branches et aux aspérités.

Sur la route, les badauds l'observèrent en silence. Le détective se donna le temps de reprendre son souffle, défit le nœud de sa cravate et lança un regard en contrebas. Le vent soulevait les bords de la couverture et les pieds de Samuel étaient toujours exposés aux intempéries.

12

À midi, ce jour-là, quand Brulé s'installa sur le siège et lui demanda de cirer ses chaussures, Moshe Dayan lisait la page hippique de *La Cuarta*, assis à l'ombre de son parasol rouge.

— Du nouveau à propos de ce que je voulais savoir ? demanda le détective en lui arrachant le journal.

Moshe Dayan s'assit sur son petit banc et commença à dépoussiérer les chaussures avec une brosse. Ses mains et ses ongles étaient noirs de cirage.

— Rien, répondit-il, tête baissée.

Brulé remit de l'ordre dans le journal. Une blonde aux formes généreuses, seins nus, lui sourit sur la première page. La une annonçait un nouvel attentat à la dynamite à Santiago.

— Comment ça, rien ? demanda le détective en observant les yeux bleus et les lèvres charnues et entrouvertes de la blonde.

— Parce qu'il n'y a rien. On raconte que ton client...

— ... le mort n'est pas mon client, corrigea Brulé en tournant la page.

— Bon, à ce qu'on m'a dit, le défunt n'a jamais eu de problèmes avec le milieu.

Moshe Dayan ouvrit sa boîte de cirage noir. Elle

était pratiquement vide, hormis quelques résidus sur le pourtour. Il en enduisit un chiffon.

Brulé fut sensible au chatouillement de la main du cireur quand elle effleura l'empeigne. Il ferma les yeux. La caresse et la chaleur qui régnait à cette heure lui donnèrent envie de s'abandonner à une petite sieste — avec la blonde, bien entendu.

— Ils en sont certains ?

— Mais, patron, vous oubliez que je suis le type le mieux informé du port et que je garantis ce que j'avance.

— Et le défunt, il n'en avait jamais consommé ?

— C'est exactement ce que j'ai demandé, précisa Moshe Dayan. Personne n'a pu m'affirmer qu'il en prenait, mais ça ne veut rien dire, la drogue, elle a des circuits tellement variés. Bref, pas un seul ne le connaissait en tant que client.

Un coup de brise apporta une odeur de café proche. Incroyable comme le café sent bon dans ce pays où les gens ne savent pas le préparer, se dit le détective en essayant de calmer son estomac. Il crut entendre le sifflement d'une cafetière italienne laissant dégorger le liquide brûlant.

— Et on n'en trouvait pas, de la drogue, à la pizzeria ? demanda-t-il, en survolant les titres de la page éditoriale.

— La marijuana et la coke, ce n'est pas ce qui manque à Reñaca, et *Il Amico* ne faisait pas exception, mais même les flics sont au courant, répondit Moshe Dayan d'un air entendu.

Le cireur fit une pause pour laisser sécher le cirage. Il remit en place le couvercle de sa boîte ronde et déplia un chiffon sombre, qu'il frappa à plusieurs reprises contre sa cheville. Cela rappela à Brulé le rite de la purification chez les adeptes du culte de la *santería*[1], à La Havane. Moshe replia le chiffon.

1. Sorte de vaudou à la cubaine. *(N.d.T.)*

— Écoute-moi bien, parce que c'est important, répondit Brulé en lui rendant le journal. C'est une chose que les clients d'un restaurant consomment de la drogue sans que le propriétaire y soit pour rien et c'en est une autre s'il organise lui-même le trafic. Tu saisis ?

Moshe Dayan leva son œil valide et le planta comme un clou dans un des deux yeux mal en point du détective.

— Parfaitement.

— Bien. Dans quelle catégorie de propriétaires était rangé Kustermann ? La première ou la seconde ?

— Je vous l'ai dit depuis le début. Ce mec est tout à fait net, et s'il y touchait, c'était très discret et uniquement pour sa consommation personnelle.

— Bon, Moshe Dayan, tu es toujours le type le mieux renseigné de Valparaíso, dit Brulé, simulant un rire satisfait. Tu mérites un monument, pas de doute.

— D'accord, mais à côté de celui d'Arturo Prat, sur la Plaza Sotomayor.

— Maintenant, arrange-toi pour que ça brille, je dois aller voir Suzukito, ordonna Brulé, impatient.

— Vous ne voulez pas connaître la dernière des Boliviens pour nous enlever Antofagasta ?

— La prochaine fois, Moshe, je suis pressé, paye-toi.

13

Le lendemain, Cayetano Brulé trouva Suzuki dans sa cuisine, en caleçon et tricot de corps, en train de prendre son petit déjeuner en compagnie d'une fausse blonde véritablement énorme qui lui était inconnue. Enveloppée d'un drap de lit, elle glissait d'une pièce à l'autre avec la grâce d'une sylphide.

— Excuse-moi, Suzukito, s'exclama le détective devant le regard surpris de l'inconnue qui exigeait une explication, cette nuit, dans ta précipitation, tu as oublié de fermer la porte sur rue, et je n'imaginais pas que tu avais de la compagnie.

Il alluma une Lucky Strike, debout sur le seuil, et profita du spectacle qu'offrait le couple.

— Ce ne serait pas toi, le fameux détective pour lequel travaille ce Chinois égoïste ? demanda la grosse d'une épouvantable voix rauque.

— Lui-même, répondit Brulé avec un clin d'œil. Et à qui ai-je l'honneur ?

— Puisque ce Chinois n'est pas capable de présenter une dame, je le ferai moi-même. Je m'appelle Francisca, mais tout le monde me connaît sous le nom de Madame Eloise, celle qui est toujours prête à se sacrifier, Sherlock Holmes, précisa la grosse dondon en exposant une *coliza*[1] piquée sur une fourchette à la flamme du brûleur.

Ses yeux étaient encore très maquillés, son rouge à lèvres avait disparu et il émanait d'elle l'odeur de transpiration caractéristique des grosses qui viennent de vivre une nuit d'amour torride.

— Enchanté, madame, répondit Brulé en rejetant la fumée de sa cigarette par le nez. Suzukito m'avait parlé de vous. Je n'en aurai que pour une minute, une affaire importante.

Elle laissa tomber la *coliza* dans la corbeille et piqua un autre pain, de la baguette, qu'elle présenta à la flamme.

— Tant que vous ne me l'enlevez pas, le prévint Madame Eloise, parce que ce Chinois, il est tellement mesquin.

Ils gagnèrent le balcon. La maison de Suzuki, sur le Cerro Monjas, comprenait trois pièces, avec salle de bains et cuisine, plus un balcon débordant de fleurs plantées dans des boîtes de conserve et de cages avec des canaris, des chardonnerets et des petits perroquets aux cris stridents. On apercevait la mer, les collines et la maison de Pablo Neruda, transformée en musée. Quelques pigeons déchirèrent le voile clair qui recouvrait la ville.

— Et depuis quand tu aimes le sumo ? demanda Brulé en baissant la voix.

— Je suis en service commandé, répondit Suzuki en tirant sur l'élastique de son caleçon. Vous m'avez demandé des renseignements, non ? Elle est idéalement placée, parce qu'elle possède un institut de massage dans l'Almendral. Fréquenté par des petits voyous qui viennent frimer, des hommes d'affaires pressés, des notables locaux et même un parlementaire de la capitale qui n'apprécie pas la décentralisation.

1. Pain carré, assez épais, fait d'une pâte feuilletée. *(N.d.T.)*

— Et qu'est-ce qu'elle sait de Kustermann ?

Brulé se lissa la moustache, se caressa le crâne et remit ses lunettes en place.

— D'après Madame Eloise, le type n'avait rien à voir avec la faune du port, affirma Suzuki avec un sourire qui réduisit ses yeux à deux traits horizontaux. Personne ne se souvient de l'avoir rencontré dans des salons de massage ou des boîtes de strip-tease.

— On peut la croire ?

— Madame, elle connaît les secrets de tout le monde, lui assura Suzuki en se grattant l'entrejambe.

Brulé ne put réprimer un petit rire moqueur. Il tira sur sa cigarette.

— Mon vieux, c'est une sacrée mocheté, cette grosse, ajouta-t-il.

— N'oubliez pas que je suis japonais, chef. Je privilégie la technique.

Brulé s'appuya contre une colonne du balcon, sous les perroquets, avant de demander :

— Kustermann, il est net ?

— Question drogue, oui, répondit Suzuki. Il n'y a qu'un patron de vedette qui, un jour qu'il était bourré, a fait allusion à de la contrebande d'armes. Mais il semblerait qu'il ait profité du salon de Madame Eloise pour se donner de l'importance.

— Et Madame n'a pas insisté ?

— Elle dit qu'après avoir dessaoulé il ne se souvenait de rien.

— Intéressant, songea tout haut le détective en se caressant le menton. Tout cela me fait de plus en plus penser que Cristián a été victime d'un contrat.

— Et pourquoi, chef ?

— Pour plusieurs raisons. La principale est que Lalo Gándara m'a révélé que l'un de ses assassins a prononcé son nom avant de le liquider. Bizarre, non ?

— Très bizarre, acquiesça-t-il. Vous soupçonnez quelqu'un ?

— Beaucoup de monde, dit Brulé en écrasant sa cigarette sur la rambarde. Ça, c'est la version de Lalo, mais je dois aussi retrouver un certain Silvio, avec lequel Kustermann a eu une relation mystérieuse. C'est là le problème, soupira le détective. Si la pègre, les narcos ou les voyous habituels ne sont pas derrière cette affaire, il faut chercher la solution à l'étranger.

14

Kustermann arriva à six heures pile au vieux *Bar Inglés*. Cayetano Brulé l'attendait, accoudé au grand comptoir en chêne, savourant une bière et une Lucky Strike.

— Une bière ? demanda-t-il à Kustermann.

Le détective aimait le parquet et les murs lambrissés de la salle, le miroir derrière le comptoir, le sentiment de nostalgie complice que partageait la clientèle et le courant d'air incessant entre les portes donnant sur deux rues parallèles.

Le bar, qui rappelait l'ambiance du *Floridita* de La Havane, se trouvait dans la rue Cochrane, pratiquement en face d'une des sorties de l'immeuble Turri. Brulé se dit qu'Ernest Hemingway aurait fréquenté ce bon vieux *Bar Inglés* s'il avait vécu à Valparaíso.

Kustermann déboutonna sa veste bleu marine, révélant la silhouette d'un homme qui prend soin de lui. Ce jour-là, au lieu d'une cravate, il avait glissé un foulard de soie dans l'échancrure de sa chemise noire.

— Bien fraîche, précisa-t-il en examinant les paumes de ses mains.

Il les frotta avec un mouchoir bleu qu'il avait sorti de sa veste tandis que Brulé passait commande.

— Je vous écoute, mon ami...

Il se tenait face au comptoir, observant Brulé dans le miroir.

— Inutile de faire semblant de m'ignorer, remarqua le détective, mais si vous voulez savoir qui a assassiné Cristián, il nous faudra enquêter en Allemagne. C'est là-bas que conduisent les pistes.

Kustermann se racla la gorge, mal à l'aise, et passa une main dans sa chevelure argentée.

— Qu'est-ce qui vous permet de vous fier à un pressentiment ? demanda-t-il enfin, après avoir vérifié dans le miroir que sa tenue était irréprochable.

— Ce n'est pas un pressentiment.

Le barman posa brutalement le verre et la bouteille sur le comptoir.

— Eh bien, racontez-moi. Je suis tout ouïe, dit Kustermann après en avoir avalé une bonne gorgée.

— Votre fils n'a habité que quelques années en Allemagne, vous le saviez ? demanda le détective en pivotant sur lui-même pour voir son client de face.

— Et le reste du temps ? répliqua Kustermann, tournant la tête pour croiser les lunettes sales et les yeux myopes de Brulé.

— Je ne sais pas. Mais il est clair qu'ici personne ne connaît la vérité sur le passé de Cristián. La question qui se pose est la suivante : pourquoi a-t-il menti sur son séjour à l'étranger ? Cela ouvre la voie à pas mal de questions. Donc, vous l'ignoriez ?

L'homme d'affaires considéra ses ongles. Il semblait perplexe.

— J'ai toujours présumé que Cristián se rendait en Allemagne.

— D'après son dossier à l'Office national du retour, il n'a vécu que deux années dans ce pays. On ignore où il se trouvait auparavant. Saviez-vous qu'il avait profité du programme de retour des exilés ?

Kustermann avala une gorgée de bière et reposa doucement le verre à moitié vide sur le comptoir. Brulé sentit que cette nouvelle l'avait fortement perturbé. Une famille de droite ne pouvait accepter qu'un de ses membres soit revenu au Chili de la même manière que les gauchistes de la défunte Unité populaire.

— Ces deux faits m'étonnent, mais il n'y a là rien qui me permette d'imaginer que l'assassin se trouve en Allemagne, rétorqua Kustermann. Avez-vous du concret, pas seulement des présomptions, quelque chose qui vous autorise à tirer cette conclusion ?

— J'ai fait les vérifications de routine dans divers milieux de Valparaíso. Personne n'en voulait à Cristián, pas plus chez les narcotrafiquants que chez les voyous, les proxénètes ou les filles de joie. Est-ce que vous me comprenez ? Votre fils était net.

— Et du côté de la concurrence ? Quelqu'un qui lui aurait dû de l'argent ?

— Non, don Carlos, répondit le détective avec quelque emphase. Vous savez bien que les restaurateurs de Reñaca n'ont pas l'habitude de se disputer la clientèle à coups de flingue. Ils utilisent d'autres méthodes, plus efficaces et moins compromettantes. En outre, personne n'aurait pu devoir de l'argent à votre fils, pour la simple raison qu'il n'en avait guère.

Le bruit de pièces de domino lancées sur une table fit sursauter les deux hommes. Quelques clients déjà bien imbibés commençaient une partie.

L'homme d'affaires tourna le dos au miroir et demeura face à la salle, en diagonale par rapport aux joueurs.

— Quelle valeur accorder à une information qui vient de ces milieux ? demanda-t-il.

— Ce sont des choses qui se savent, don Carlos, répliqua Brulé avec un sourire qui se figea aussitôt. Un détective a ses contacts avec la pègre, ses informateurs, ses amis, et si on ne lui révèle pas le nom du saint, du moins lui raconte-t-on le miracle... Vous comprenez ? Apparemment, dans tous ces milieux, Cristián est blanc comme neige.

— Vous ne m'avez pas convaincu.
— Mais ce n'est pas tout. Une autre bière ?
— Oui... accepta Kustermann avant de terminer son verre.
— Votre fils a eu une dispute sérieuse avec un type qu'on n'a pas encore identifié, Silvio, ajouta Brulé en écrasant son mégot dans le cendrier métallique. Ils se sont vus plusieurs fois et encore quelques jours avant sa mort. Vous n'en auriez pas entendu parler, de ce Silvio ?
— Jamais.
Le barman remplaça les bouteilles vides par des pleines. Il remplit les verres, faisant déborder la mousse.
— Ce type joue un rôle clef. Votre fils a été surpris de le rencontrer au Chili, il l'a noté dans son agenda. Pourquoi a-t-il disparu et pourquoi l'ex-petite amie de Cristián ne le connaît-elle pas ? Si Cristián s'est étonné de le voir au Chili, c'est qu'il l'imaginait dans un autre pays, ne croyez-vous pas ?
Brulé alluma une cigarette. Quelqu'un remuait furieusement les dominos à la table où on jouait.
— Samuel Léniz, que vous connaissiez sûrement, est mort hier dans un accident de la route, précisa Brulé. Il devait me parler de certains aspects de la vie de votre fils.
— Ils étaient amis, répondit l'homme d'affaires en avalant sa salive. C'est horrible. Je l'ai lu ce matin dans *El Mercurio*. Oui, il connaissait bien Cristián. Lui aussi a habité quelques années en Allemagne, exilé politique. Il était rentré depuis peu.
Brulé s'appuya contre le comptoir et but une gorgée.
— J'aimerais savoir une chose, dit-il en se passant la langue sur la moustache, votre fils portait une bague avec une grosse pierre noire. Savez-vous d'où elle provenait ?
— Oui, je crois que c'était du jade, une pierre triangulaire.

— Exact, je l'ai remarquée sur des photos de Cristián. Cette bague, ajouta Brulé, est identique à celle que portait Samuel Léniz. Savez-vous où elle peut être ? Je ne l'ai pas trouvée dans l'appartement de votre fils.

— Non. Je l'ignore.

— Mais peut-être savez-vous pour quelle raison il l'a achetée, et où ?

— Non, répondit Kustermann, déconcerté.

— Les familiers de Samuel pourraient m'aider.

— J'en doute. Samuel était un solitaire. Ses parents sont morts il y a cinq ans, alors qu'il était interdit de séjour au Chili. Il n'a pas pu assister aux obsèques. Eux aussi ont été victimes d'un accident de la route.

— Il ne pouvait pas revenir au pays ?

— Son passeport ne lui permettait pas de voyager librement. Il faut croire qu'à cette époque cela se justifiait, expliqua Kustermann en dardant ses yeux très pâles sur ceux du détective. Tout cela, je le tiens de Cristián.

Ils s'accordèrent une pause, écoutant le bruit des dominos qu'on déplaçait brutalement sur la table de bois.

— Il y a autre chose, reprit Brulé. Les assassins de votre fils n'avaient pas l'intention de le voler mais de l'exécuter.

Des rides profondes apparurent sur le front de Kustermann. Sa bouche se figea en un rictus.

— Comment ça, l'exécuter ?

— Comme je vous le dis, insista Brulé. Un des employés du restaurant se souvient d'avoir entendu un des types masqués prononcer le nom de Cristián avant de tirer. Il voulait s'assurer que c'était lui. Comprenez-vous ?

— Mais pourquoi la police n'a-t-elle pas suivi cette piste ? protesta l'homme d'affaires, dépité.

— Un plongeur s'est souvenu hier matin qu'un des

agresseurs avait appelé Cristián par son nom. Il est évident qu'il s'agissait d'une vengeance.

Kustermann enfonça les mains dans les poches de son pantalon et s'appuya contre le comptoir. Il contempla quelques instants la pointe de ses chaussures puis consulta la pendule.

— Pourquoi une vengeance ?

Le détective se contenta d'une réponse laconique, observant la mousse de sa bière.

— Si je le savais, l'affaire serait résolue.

— Une vengeance, mais pour quel motif ?

— Je l'ignore, mais Cristián ayant vécu si peu de temps au Chili, il est probable qu'il faut chercher la raison hors du pays. Vous me suivez ? demanda Brulé.

— C'est clair.

— Sans doute en Allemagne, conclut Brulé en allumant une nouvelle cigarette. Ou dans un autre pays, tout dépend des lieux où il a habité. Quoi qu'il en soit, vous voyez que ces pistes nous entraînent tout d'abord en Allemagne.

— Mon épouse et moi-même ne connaissions pas les amis de Cristián en Allemagne, répondit l'homme d'affaires. Comment allez-vous prendre contact avec des gens que vous ne connaissez pas non plus ?

Il avala une longue gorgée de bière, imité par Brulé.

— Dans son appartement, j'ai découvert les lettres d'une amie de Cristián et une revue consacrée à l'Amérique latine, à laquelle il collaborait. Il ne sera pas difficile de retrouver ses relations de l'époque. Étant bien entendu que vous acceptez de financer mon voyage et mon séjour.

— Et si je refuse ?

— Ma foi, je vous demanderai ce que vous me devez et je classerai l'affaire dans mes archives. Il vous faudra admettre que, si nous n'avons pas progressé, cela aura été votre faute.

— Et combien de temps pensez-vous devoir enquêter en Allemagne ? demanda Kustermann en remettant les mains dans ses poches.

Brulé se lissa la moustache, remonta ses lunettes et se caressa le crâne.

— Deux semaines, ou plus, peut-être moins. Comment savoir ? dit-il, cherchant le regard de Kustermann.

15

Ce mardi soir, Cayetano Brulé essaya vainement de joindre Paula Gómez par téléphone. Une voix féminine, celle de sa mère probablement, l'informa que Paula était absente et qu'elle ignorait l'heure de son retour. Peu satisfait de cette réponse, le détective se rendit à Playa Ancha pour faire le pied de grue devant le domicile de l'ex-amie de Cristián. Il espérait lui poser quelques questions qui lui étaient venues à l'esprit après avoir fouillé l'appartement de la victime.

Paula Gómez était devenue un personnage essentiel aux progrès de l'enquête et il était fort possible qu'elle disposât d'informations sur Silvio, sur les lieux où avait habité la victime de 1980 à 1990, et sur Jelle Schwarzkopf, qui avait certainement été une intime de Cristián.

Brulé se souvint que Paula s'était montrée coopérative lors de leur première entrevue. Il était installé devant une bière, dans un bistrot qui faisait le coin et d'où il apercevait, de biais, la maison de la femme dont il pouvait surveiller la façade par une petite fenêtre.

Oui, Paula avait répondu à ses questions avec franchise, mais, en relisant ses notes, il s'aperçut qu'elle lui avait appris peu de choses nouvelles.

Maintenant qu'il avait pris connaissance des documents trouvés chez Cristián et eu accès à son dossier à l'Office national du retour, sans parler de sa conversation avec Lalo et de ce qu'on racontait de la victime dans le milieu, s'entretenir avec l'ex-fiancée lui semblait d'un tout autre intérêt.

Il alluma une cigarette et commanda une bière au serveur plutôt mal luné qui s'occupait du bar désert. Il était encore tôt et sans doute que Paula n'allait pas tarder à sortir. Devant l'entrée stationnait une Zodiac noire des années soixante qui appartenait probablement à ses parents. Bloquant la Zodiac, une camionnette Chevrolet Luv à double rangée de sièges, en piteux état, était garée deux roues sur le trottoir. Brulé se dit qu'il pouvait s'agir du véhicule de Paula ou de son compagnon et il estima que le couple pouvait se montrer d'un moment à l'autre. Étant donné la faible distance qui le séparait de la maison, il aurait le temps de payer ses consommations et de l'aborder.

Vers onze heures du soir, après avoir bu trois canettes et fumé un nombre incalculable de cigarettes, il abandonna son poste d'observation, découragé, et se dirigea vers le *Valparaíso Eterno*.

Le restaurant se trouvait au second étage d'un immeuble vétuste, au milieu des banques et des sociétés maritimes de la ville. Devenu le lieu de réunion de tout ce que la cité comptait d'hommes de gauche nostalgiques, cet établissement avait été dans le passé un modeste logement dont on avait abattu les murs de pisé, sans toucher aux piliers en pin d'Oregon. Dans le quartier du port, c'était aujourd'hui un endroit accueillant qui ne manquait pas de cachet. La clientèle avait couvert les murs de vers et de messages, ce qui rappelait à Brulé la *Bodeguita del Medio*, à La Havane.

En haut des marches, il pénétra dans une salle peu éclairée, remplie de fumée. On entendait une chanson triste de Silvio Rodríguez. Il demanda à parler au patron.

Ernesto Cardona, dit « Neco », était un brun de taille

moyenne, au sourire facile et aux yeux sombres et perçants.

— Et qu'est-ce qui nous vaut la visite du plus fin limier de Valparaíso ? demanda-t-il, émergeant d'un groupe de clients qui attendaient que des tables se libèrent.

Il se fendit d'un sourire éblouissant qui contrastait avec les lumières de la petite scène. Il était accompagné par son ami d'enfance, un architecte du nom de Novoa.

— Et comment va la révolution ? s'enquit Brulé.

— Elle avance lentement dans le coin, pas à pas, mais elle avance, comme toujours.

— Je ne sais pas si elle se porte bien, par contre, ton restaurant... répondit Brulé. Avec cette affluence, tu n'as pas à te plaindre.

Opposant à la dictature de Pinochet, Neco avait été torturé et emprisonné. En 1988, quand le régime voulut tenter une ouverture, Neco, libéré, avait créé son établissement.

Il l'avait rapidement converti en une *peña*[1] où l'on se racontait les dernières blagues et où l'on pouvait entendre des chansons critiquant timidement, mais avec finesse, la dictature. Aujourd'hui, on y savourait une excellente cuisine familiale, accompagnée de vins à petits prix et d'airs fleurant bon la nostalgie.

— C'est ce genre de restaurant que tu devrais ouvrir à La Havane, lui recommanda Brulé. Dans la Cuba de Castro, un serveur gagne six dollars par mois et la police politique veille à ce que seuls les étrangers, qui payent en billets verts, puissent entrer. Tu te vois travailler sous la protection des carabiniers ?

Neco répondit par un sourire attristé, lui posa une

1. Typique du cône sud de l'Amérique latine, c'est une sorte de café-concert où se produisent différents groupes de musique folklorique « andine ». *(N.d.T.)*

main sur l'épaule et le conduisit plus avant dans le restaurant. Tout au fond, dans ce qui avait dû être la chambre de l'ancien appartement, le maître de céans réservait une table pour les amis.

Brulé commanda deux Escudo et des *empanadas*[1] au fromage, le hors-d'œuvre obligé des lieux.

— Qu'est-ce qui t'amène ? demanda Neco.

— Tu te souviens du propriétaire de la pizzeria *Il Amico*, le type qui a été assassiné l'année dernière, à Reñaca ?

— Bien sûr. Je le connaissais, de loin.

— J'enquête sur des événements en rapport avec ce meurtre, continua Brulé en baissant la voix, et un détail m'a mis la puce à l'oreille. Jusqu'à maintenant, je supposais que Cristián Kustermann était de droite, mais certains indices laissent penser qu'il était plutôt de gauche...

Brulé fut interrompu par les applaudissements qui éclatèrent dans la salle. L'interprète des chansons de Silvio Rodríguez saluait le public après son premier tour de chant de la nuit, et les clients s'apprêtaient à entendre une femme aux cheveux bouclés et au nez aquilin, qui jouait de la guitare et avait une voix douce à la Joan Baez.

— Oui, j'ai entendu dire qu'il était à moitié de gauche, répondit Neco. D'après les rumeurs, à son retour, il l'était complètement. Tu sais qu'il a vécu quelque chose comme dix ans en Allemagne, où il s'est fait beaucoup de fric ? Mais on prétend aussi qu'avant de partir c'était un pinochétiste pur et dur.

Une fille aux hanches généreuses leur apporta les Escudo et les *empanadas*. Brulé se dit qu'il devait en être à sa septième bière de la journée.

— Moi, j'ai comme l'impression qu'il était de

1. Beignet en forme de demi-lune, farci avec de la viande, du fromage ou des fruits de mer. *(N.d.T.)*

droite quand il est parti en Allemagne et qu'il en est revenu gauchiste, fit-il remarquer.

L'*empanada* était fameuse. Brulé s'en servit une seconde et en offrit une à Neco.

— Je sais comment on les prépare, alors je préfère me contenter de la bière, expliqua le propriétaire. Mais dis-moi : l'assassinat de Kustermann, ce n'était pas une simple histoire de voyous ? Qu'est-ce qui te prend d'aller fouiller dans son passé politique ?

— Pour l'instant, ce que j'ai appris laisse la porte ouverte à toutes les hypothèses, précisa Brulé. Cela dit, j'ai besoin d'en savoir plus sur la position politique de Cristián Kustermann. Tu connais quelqu'un de gauche qui pourrait me tuyauter ?

Neco émit un petit rot et se couvrit la bouche du poing. Il sourit un instant, le regard fixé sur les yeux de Brulé, attitude ne trahissant aucune méfiance, sinon une légère hésitation.

— Je pense à un camarade, répondit-il, plissant les paupières comme s'il distinguait mal le visage de son vis-à-vis. Ce type-là, si le mort était de gauche, il le saura. Mais bon, c'est délicat.

— Allez, Neco, on n'est plus sous la dictature.

— Parce que pour toi on est en démocratie ? C'est toujours Pinochet qui commande et les partis de gauche travaillent à deux niveaux. On ne sait jamais ce qui pourrait arriver.

— Fais-moi confiance, insista le détective. C'est pas maintenant que tu vas m'accuser d'être un mouchard.

— La police a intensifié la répression contre les membres du Front, et ils sont très méfiants.

Brulé saisit le poignet de Neco.

— Ils commettent des crimes impardonnables, dit-il, tous ces attentats et ces assassinats de carabiniers, mais j'ai besoin qu'ils me renseignent. Et toi, tu sais comment les contacter...

— Va trouver Martín, il occupe l'emplacement 73 à la foire de l'artisanat, sur l'avenue Pedro Montt.

Le public applaudit le petit laïus de la chanteuse vantant les succès de la Cuba révolutionnaire dans le domaine de la santé et dans sa lutte contre l'impérialisme américain. Puis elle entonna une chanson à succès de Carlos Puebla, dédiée à Che Guevara.

— Qui c'est, ce Martín ? demanda Brulé après avoir terminé sa bière.

— Un proche du Front, lui confia Neco en baissant un peu plus la voix. Il sait tout sur tout le monde. Dis-lui que tu viens de ma part, sinon, il jouera au type qui n'est pas au courant.

16

Sur le coup de quatre heures du matin, après que la Joan Baez locale eut clos le spectacle du *Valparaíso Eterno*, Brulé prit congé de Neco. Il souhaita bon vent à sa reconversion dans les vieilles valeurs capitalistes et descendit en titubant les marches qui menaient à la rue.

Une brise embaumant le salpêtre soufflait dans la rue Cochrane, déserte et silencieuse à cette heure. Brulé, marchant au milieu de la rue, se dirigea vers l'horloge Turri, dépassa l'entrée plongée dans les ténèbres du funiculaire du Cerro Concepción, où quelques chiens malmenaient une poubelle renversée, et s'engagea dans l'escalier qui flanque l'immeuble du journal *El Mercurio.*

Dans la demi-obscurité, l'ascension lui parut interminable. Les contours des marches et la rambarde semblaient flotter dans l'air. La brise fraîche lui apportait les échos d'une mélodie du groupe Boney M., et le détective essaya de la reprendre tout en continuant à monter d'une démarche chancelante vers le sommet de la colline.

Martín lui fournirait sans aucun doute des renseignements sur Cristián Kustermann. Certes, cela ne lui permettrait pas d'élucider le crime, mais son sixième sens lui disait qu'il apprendrait des choses intéressantes. L'existence d'un mobile politique, qui sait ?

Le souffle commença rapidement à lui manquer et les muscles de ses jambes à lui faire mal. Il n'était plus aussi jeune qu'à l'époque où il vivait à Miami, bien sûr, mais ce qui le mettait vraiment à plat, c'était l'abus d'alcool. Approcher de la cinquantaine sans prendre d'exercice, avaler du café à n'importe quelle heure de la journée, fumer cigarette sur cigarette et mener une vie de bâton de chaise n'était pas fait pour arranger les choses.

Si je résous cette affaire, se dit-il, j'aurai assez d'argent pour changer de voiture, donner un coup de jeune à la maison et partir en vacances avec Margarita.

Il s'arrêta sur un palier de l'escalier et regarda à travers les barreaux les lumières de Valparaíso qui scintillaient sur la mer. Il ouvrit difficilement sa braguette et se mit à uriner contre la ville.

Au moins, je ne suis pas en train de chier sur la perle du Pacifique, se consola-t-il.

Dans le port, les grues continuaient à transborder des conteneurs de fruits et les camions vides s'en repartaient allégrement vers la ville.

Un coup violent dans les côtes le projeta contre la grille. Il ressentit une douleur cuisante au front et au nez et il crut qu'on lui avait brisé la main droite. Il tenta de se retourner pour voir son agresseur, mais un coup sur la nuque le renvoya contre les barreaux. Il entendit le craquement de la monture de ses lunettes et le tintement des verres sur le pavé. Fou de colère et de douleur, il essaya de porter la main à la poitrine pour s'emparer de son Smith et Wesson 36, mais un crochet terrible le cueillit à l'épaule et l'obligea à pivoter.

Il se retrouva face à ses assaillants et eut juste le temps d'en compter trois, mais pas de les identifier. Privé de ses lunettes, il était quasiment aveugle. Un des types lui balança un coup de pied entre les jambes. Il se plia en deux et s'étala de tout son long.

— Que ça t'apprenne à pas jouer au con, l'avertit une voix sèche et nerveuse.

Il reçut un coup de poing sur la tête et comprit qu'on le délestait de son revolver, de son portefeuille et de sa montre.

— Salauds, s'écria Brulé, le goût saumâtre de son sang sur les lèvres, j'ai pas un rond.

Pour toute réponse, on lui expédia une volée de coups de pied à l'estomac et à la tête.

— Fais pas l'insolent, connard...

Il se couvrit le visage avec les bras et tenta de se protéger en se pelotonnant comme un fœtus. Les coups de pied pleuvaient, accompagnés d'insultes et de crachats. La pointe d'une chaussure lui infligea une douleur cuisante à l'arcade sourcilière gauche.

— Un vrai dur de dur, ce mec...

Il sentit des filets de sang tiède couler sur son visage. Tout son corps le faisait souffrir. Il ouvrit la bouche pour aspirer, mais grimaça et poussa un cri rauque et prolongé, un cri d'animal blessé qui alla voltiger comme une chauve-souris sur les marches et plus loin vers la ville.

Il se rendit compte qu'il pouvait crier sans cesser d'aspirer et il comprit que sa vie ne dépendait plus que de cela : hurler comme un malade. Et hurler lui faisait oublier la douleur, les brûlures, la peur et même les coups.

Et c'était bon de hurler.

Et il hurla jusqu'au moment où quelqu'un l'aida à s'étendre sur le dos, sur le palier de l'escalier.

— Qu'est-ce qui vous arrive, mon vieux ? Vous voulez que j'appelle les carabiniers ? demanda une voix d'homme.

Brulé essaya de desserrer les paupières, mais il y renonça aussitôt, ne supportant pas la lumière du jour. L'homme était agenouillé devant lui et s'était mis à lui tapoter doucement, non sans inquiétude, les joues.

— Eh, mon vieux, remettez-vous. Bon sang, ils vous ont fichu la tête en compote, tenez bon, mon fils est allé chercher les carabiniers.

— Les salopards ! s'exclama Brulé.

Il sentait ses joues tuméfiées et son crâne menaçait d'exploser.

— Portez-moi à l'ombre, s'il vous plaît, supplia le détective en crachant un sang épais.

— Vous avez été drôlement verni, mon vieux. Ces brutes se sont acharnées sur vous, remarqua l'homme. Il y a déjà eu plusieurs agressions dans le coin, c'est dangereux, la nuit. Vous voilà prévenu.

17

Quelques jours plus tard, par une matinée froide et brumeuse, au cours de laquelle les grives ne se montrèrent pas, Cayetano Brulé quitta la chambre et, avant de poursuivre son enquête, se rendit sur-le-champ chez un oculiste pour acquérir une nouvelle paire de lunettes. Suzuki, Margarita et la toujours fidèle Esperanza lui servirent de guides d'aveugle, car sa myopie avancée lui interdisait de s'éloigner seul de chez lui.

Son agression avait été lourde de conséquences. Quelque part dans la montée qui longe l'immeuble du *Mercurio*, il avait perdu la pointe d'une canine et, à l'hôpital Carlos van Buren, on lui avait posé trois points de suture sur l'arcade sourcilière pour refermer une profonde entaille.

Il dut dire adieu à la veste de son costume, réduite en lambeaux, à son fidèle Smith et Wesson, à son antique portefeuille en plastique acheté dans une foire et aux montures noires de ses lunettes.

Les carabiniers n'avaient pas encore mis la main sur ses agresseurs et, en guise de consolation, ils lui firent remarquer qu'au moins il s'était tiré sain et sauf de ce traquenard. Mais Brulé était convaincu qu'il s'agissait d'un avertissement lié à son enquête.

Le jour où il se sentit rétabli, il demanda à Suzuki de venir le voir tôt dans la matinée. Il était toujours en piteux état : les lèvres gonflées, une joue enflammée, les yeux au beurre noir et un gros pansement sur le sourcil gauche.

— Je vous le dis, chef, vous avez été drôlement verni, remarqua Suzuki sans pouvoir réprimer un sourire quand il vit Brulé s'avancer en tirant la jambe, enveloppé d'une robe de chambre verte en coton.

Margarita, qui s'était installée à demeure pour veiller sur lui le temps nécessaire, leur prépara un solide petit déjeuner composé d'œufs à la coque et de pain grillé accompagnés de cafés serrés.

— Chef, dit Suzuki, cédant sa chaise au détective, je n'ai rien trouvé sur Samuel Léniz. Il vivait seul.

— Il me faut absolument parler avec Paula Gómez, se rappela Brulé en mordant difficilement dans le pain grillé, car ses gencives saignaient toujours. Mais elle ne répond pas au téléphone et sa mère fait barrage. Je sais qu'elle m'évite. Tu dois la trouver, va monter la garde devant chez elle et dis-lui que c'est urgent, qu'elle est en danger.

Il n'en était pas certain, mais peut-être qu'elle marcherait et lui accorderait une entrevue. Il avait plusieurs questions à lui poser car il était sûr qu'elle en savait plus qu'elle n'avait voulu lui révéler la première fois. Il était probable qu'elle connaissait l'identité des amis allemands de Cristián.

Brulé avait perdu l'occasion de la rencontrer lors de l'enterrement de Samuel, auquel elle avait assisté, car, soumis à un repos absolu, il n'avait pu se rendre à Santiago. Il devait impérativement lui parler.

— Il y a encore une chose dont je voudrais te charger, ajouta-t-il.

Margarita était allée promener Esperanza.

— Va faire un tour à la bijouterie Zeldis, rue Esmeralda, et renseigne-toi là-dessus.

Le détective sortit deux photos de la poche de sa robe de chambre.

— Pepe Alcántara, le photographe de *La Estrella*, me les a apportées hier soir. Elles ont été prises par Samuel Léniz. Cette pierre te dit quelque chose ?

Son adjoint étudia minutieusement les deux photos en noir et blanc.

— Je n'y connais rien en pierres précieuses, avoua Suzuki.

— Montre-les à doña Adriana, qu'elle les identifie, ordonna Brulé. Je n'ose pas aller la voir dans mon état. Demande-lui d'où provient cette pierre et si on la trouve au Chili. J'ai remarqué que Cristián et Léniz portaient une bague identique. Est-ce que ça pourrait être un symbole ?

Suzuki lui décocha un mauvais sourire.

— Ils étaient amants ? lança-t-il en éclatant de rire.

— Rien de ce que je sais sur eux ne permet de le dire, répliqua Brulé sérieusement. Je pencherais plutôt pour le symbole d'une confrérie...

— De quel genre ?

— Je l'ignore, c'est juste une hypothèse. Mais tu peux complètement écarter la théorie de l'homosexualité, insista Brulé en se relevant.

Ils quittèrent la petite table de la cuisine et s'avancèrent dans le couloir menant à la sortie. Le détective ouvrit un battant de la porte vitrée, aux carreaux fumés. En ce mois de février, l'odeur de la mer était très forte et ils entendirent des bruits métalliques en provenance du port.

— Leur association pourrait être liée à des affaires louches, suggéra Suzuki.

Le détective sortit un paquet de Lucky Strike de la poche de sa robe de chambre et en alluma une.

— Je ne peux même pas aspirer, gémit-il.

Une vieille dame au visage sec et sévère passa devant la maison, promenant un basset.

— Bonjour, don Cayetano, le salua la femme d'une voix cassée, sans s'arrêter, tout comme le chien. Vous allez mieux ?

— Merci, doña Ulrike, beaucoup mieux, beaucoup mieux, répondit Brulé en s'efforçant de sourire.

Seule sa voix lui avait permis de la reconnaître.

— C'est une ancienne prof de gymnastique du collège allemand qui avait ouvert à Pilcomayo, expliqua-t-il à voix basse.

L'Allemande disparut en direction du *Café Turri* et le Paseo Gervasoni demeura désert jusqu'à l'apparition d'un groupe de touristes qui sortaient du funiculaire.

— Je continue à croire que le séjour de Cristián à l'étranger nous fournira une réponse, poursuivit Brulé. Il ne sert à rien de spéculer sur la signification de cette bague, elle ne nous conduira pas à la vérité. Il nous faut découvrir l'origine de ce symbole.

— La solution serait en Allemagne ? demanda Suzuki.

— Là-bas ou dans les pays où a vécu Cristián avant de s'y installer.

La *camanchaca*[1] avait maintenant complètement envahi la ville, qui avait disparu sous un nuage gris et dense.

1. Le long du désert d'Atacama, au nord de Valparaíso, le courant de Humboldt refroidit les vents humides qui proviennent de la mer et les transforme en un épais brouillard qui, en s'évaporant au contact des Andes, produit la *camanchaca. (N.d.T.)*

18

Martín Chacón avait sans aucun doute connu des jours meilleurs dans sa jeunesse.

Aujourd'hui, c'était un homme chétif et pâle, d'une cinquantaine d'années, qui occupait un petit banc trop bas derrière l'étal 73, où il vendait des colliers de coquillages, des clochettes de terre glaise, des colombes de la paix et des poèmes écrits sur papier de riz.

Mais l'éclat de ses yeux minuscules laissait entendre qu'il avait été témoin d'autre chose que des déambulations des clients dans le passage sombre et humide de la foire de l'artisanat de Valparaíso.

— Don Martín ? s'enquit Brulé au milieu des colombes qui se balançaient doucement sous la brise marine.

Il était midi, il faisait chaud et il portait des caches solaires sur ses nouveaux verres de lunettes pour dissimuler ses paupières violacées et le pansement sur son arcade sourcilière.

Lui jetant un regard par en dessous, l'homme serra entre ses mains fines le pot de maté avec sa pipette. Il était pratiquement imberbe et se protégeait la tête avec un béret vert de la Shell.

— Lui-même, grogna-t-il sans se troubler.

Il avait une voix aiguë d'adolescent.

Brulé se sentit mal à l'aise. L'homme observait son pansement et il avait sûrement remarqué les bleus qu'il cherchait à cacher derrière ses verres. Il lissa les pointes de sa moustache avant de mettre les mains dans les poches, essayant vainement de se faire passer pour un client.

— Je viens de la part de Neco. Il m'a assuré que vous pourriez m'aider...

— Dites-moi en quoi, répondit Martín Chacón en se levant.

Un sourire timide et interrogateur était apparu sur son visage.

— Si vous êtes un ami de Neco, vous êtes quelqu'un de bien. Vous cherchez quelque chose en particulier ? Nous ne sommes pas chers...

Ce pluriel qu'il utilisait pour parler de son kiosque, dans lequel il tenait à peine, paraissait ridicule. Du coin de l'œil, Brulé vit que dans les kiosques voisins, qui proposaient des colombes de la paix et des poèmes sur papier de riz identiques à ceux de Chacón, on suivait leur conversation avec intérêt.

— Ce n'est pas une très bonne affaire, mais nous pourrions nous retrouver un peu plus tard, ailleurs, proposa Brulé.

Chacón reprit son maté et avala tranquillement une longue gorgée, les yeux fixés sur le comptoir où étaient posés des carnets de notes, quelques livres jaunes des défuntes éditions Quimantú et des billets pour la tombola des pompiers.

— Que diriez-vous d'un rendez-vous à une heure au *Tao-Tao*, pour un sandwich et un café ?

— Pas question, répondit Chacón, songeur. Plutôt à une heure et demie, parce qu'à ce moment je peux quitter le magasin.

Le détective profita de son heure libre pour acheter un paquet de cigarettes dans un kiosque à journaux et faire de la monnaie pour téléphoner à son bureau.

Suzuki avait déjà parlé à doña Adriana. La bague de Léniz était ornée de jade noir, une pierre qu'on trouvait au Guatemala ou en Inde, mais peu travaillée au Chili.

— Et tu as du nouveau sur Paula Gómez ? demanda Brulé en s'appuyant contre la cabine téléphonique.

— Ah, j'oubliais, chef — sa voix était à peine perceptible, étouffée par le passage des bus qui occupaient toute la largeur de l'avenue Pedro Montt. Impossible de lui parler au téléphone, ni hier ni ce matin. Hier soir, une vieille m'a répondu qu'elle ne savait pas quand elle rentrerait. Ce matin, personne n'a décroché.

— Va immédiatement surveiller la maison, il faudra bien qu'elle revienne déjeuner, marmonna Brulé. Appelle-moi dès que tu lui auras parlé, je serai au Paseo Gervasoni ou au bureau.

Pour tuer le temps, le détective demeura assis devant la petite fontaine de la place Victoria. À cette heure, des retraités et des chômeurs profitaient de l'ombre fraîche et bienvenue des palmiers pour sommeiller sur les bancs.

L'après-midi, après sa conversation avec Chacón, il comptait retourner dans l'appartement de Cristián pour essayer d'y trouver la fameuse bague. Puis il devrait la comparer avec celle qu'on voyait sur les photos de Léniz, même s'il était sûr que les deux étaient très similaires, sinon identiques.

Il alluma la dernière cigarette de son vieux paquet. Un gamin qui tirait sur le cordon d'un canard à roulettes le regarda, hébété, tandis qu'il soufflait la fumée par le nez. Qu'est-ce qui l'avait attiré ? La fumée ou le pansement sur son arcade ?

Soudain, il se dit que c'était vraiment trop extraordinaire que deux personnes qui portaient la même bague soient mortes à si peu de temps d'intervalle. Est-ce qu'il n'était pas soupçonneux à l'excès ? Les aléas du métier, songea-t-il, déformation professionnelle, calme-toi. Non, c'était impossible. Cristián avait été assassiné, mais Léniz était mort dans un accident de la route, comme plus de mille personnes chaque année au Chili.

Il sortit son calepin et prit quelque notes. Il consulta sa montre. Il était temps de se diriger vers la cafétéria.

Le *Tao-Tao* était un établissement des plus modestes qui donnait sur la bruyante avenue Pedro Montt. À une heure et demie pile, Brulé s'installa à une table près de la grande baie et, quelques secondes plus tard, Martín Chacón arriva. Ils commandèrent des hot dogs et des demis.

— Neco m'a dit que vous pourriez me parler du passé de Cristián Kustermann, le patron du restaurant *Il Amico*, qui a été assassiné il y a quelques mois, commença Brulé sans s'encombrer de périphrases.

Chacón posa son béret sur la table, près du pot de piment et du ketchup. Il passa un doigt sur son crâne chauve, criblé de taches de rousseur, humide de transpiration.

— Neco dit beaucoup de choses. Tout d'abord, je tiens à vous prévenir que je déteste la flicaille et si vous faites partie du club, autant en rester là, répondit Chacón, l'air résolu.

— Je ne suis pas de la police, expliqua Brulé.

Il fallait le rassurer ou il allait filer.

— Je gagne ma croûte comme détective privé et j'enquête sur l'assassinat de Kustermann, une affaire que la police n'a pas résolue.

— Ce sont des incapables et des corrompus, qui ont collaboré avec la DINA [1] sous la dictature, grogna Chacón.

Une jeune fille en uniforme bordeaux et tablier blanc leur apporta deux hot dogs dégoulinant de mayonnaise et deux verres de bière en col blanc.

1. Direction de l'intelligence nationale : police politique au début de la dictature de Pinochet. *(N.d.T.)*

— Je crois que nous sommes d'accord là-dessus, insista le détective, et c'est bien pour cela que je vous demande de m'aider. Si Neco m'a recommandé de venir vous voir, il doit avoir confiance en vous et en moi, non ?

Chacón avait le regard hésitant des clandestins et ses gestes manquaient de naturel. C'était sans doute lui qui avait écrit plusieurs des maximes et poèmes sur papier de riz qu'il proposait dans son kiosque, se dit Brulé. Ses fines mains blanches et son expression étudiée trahissaient le sociologue chilien du début des années soixante-dix.

— Que voulez-vous savoir sur Kustermann ? Pourquoi ne le laissez-vous pas tranquille maintenant qu'il est mort ?

— Parce que les histoires qui circulent à son sujet sont contradictoires et que je n'arrive pas à les emboîter logiquement pour expliquer sa mort...

— Il est évident qu'on lui a tiré dessus parce qu'il résistait à ses agresseurs dans son restaurant.

Chacón mordit avidement dans son hot dog. Il avait faim.

— Il n'a pas opposé de résistance et ils l'ont quand même tué, corrigea le détective.

Le marchand de colombes de la paix mâchait de bon cœur. Les commissures de ses lèvres étaient couvertes de mayonnaise.

— Il a été tué au cours d'une attaque à main armée, c'est un danger auquel tous les commerçants sont exposés, insista Chacón, se voulant solidaire de sa corporation.

— On dit que Cristián Kustermann était de gauche, du Front, plus exactement.

Le regard sévère et réticent, Chacón abandonna son hot dog et dévisagea le détective.

— Possible que ce soit un crime de l'extrême droite, admit-il. Dans ce pays, les militaires sont toujours au pouvoir. Mais n'allez pas vous imaginer que je vais vous donner des informations sur des gens qui ont défendu la révolution.

— Même si elles peuvent m'aider à élucider un crime perpétré par l'extrême droite ? demanda Brulé, mettant à l'épreuve la cohérence idéologique du commerçant avant d'apprécier la consistance de son hot dog.

Chacón tourna les yeux vers la rue où passait un trolleybus. Sa main gauche attrapa son verre de bière.

— Pendant la dictature, nous avons appris quelque chose de fondamental : les partis révolutionnaires doivent toujours agir à deux niveaux, un légal, l'autre clandestin, y compris en démocratie, énonça-t-il. Lénine l'avait prévu en 1912. Nous ne sommes pas disposés à nous confier à des inconnus. Qu'est-ce qui nous prouve que vous n'êtes pas un agent de l'ennemi ?

Il s'était remis à parler à la première personne du pluriel. Il but à petites gorgées, sans quitter le détective du regard.

— Je n'ai aucun moyen de vous démontrer le contraire, répondit Brulé, se retenant de soupirer. Je pensais que la recommandation de Neco suffisait. J'essaie seulement d'enquêter sur une affaire que la police officielle, celle qui a collaboré avec Pinochet, comme vous dites, n'a pas résolue.

Chacón tira une petite serviette du boîtier d'aluminium et s'en essuya les lèvres. Il en fit unc boulette qu'il lança dans l'assiette qui avait contenu son hot dog.

— En outre, je sais peu de choses, politiquement parlant, sur Cristián.

— Quel genre d'homme était-il ?

— Un enfant de la bourgeoisie. C'est très bon. Je peux en commander un autre ? demanda-t-il, changeant de ton. Quand j'ai payé la cotisation du Front, il ne me reste pas grand-chose, ajouta-t-il en guise d'excuse.

Brulé accepta d'un hochement de tête.

— Et une autre bière ? proposa-t-il.

— C'est une belle journée pour boire de la bière très froide. Pourquoi pas ?

Le détective commanda la même chose pour tous deux.

— De la bourgeoisie ?

— Oui, continua Chacón en se caressant le menton.

Il ne semblait pas mécontent de constater que son interlocuteur acceptait sans discuter son analyse.

— Il s'était joint à la lutte antifasciste à la fin des années soixante-dix. Il était jeune, c'était avant de partir pour l'Europe.

— Est-ce qu'il était inscrit dans un parti de gauche à cette époque ?

— Non, répondit le commerçant.

Chaque fois qu'il essayait de se souvenir, il haussait les sourcils.

— Il avait gagné la confiance de quelques dirigeants révolutionnaires de la région. À cause de ses manières et de son origine sociale, ils pensaient qu'il pouvait être utile. Il aurait fait un courrier insoupçonnable.

La jeune fille en uniforme enleva les assiettes et rapporta deux hot dogs baignant dans la mayonnaise. Chacón y ajouta une dose de ketchup.

— Un courrier, pour qui ?

— Vous voyez que vous voulez en savoir plus que je ne peux vous dire ? protesta Chacón avec un sourire déçu. Comprenez-moi bien. Je n'ai pas dit qu'il a effectivement servi de courrier, je vous ai suggéré que je pensais qu'il aurait pu être un excellent courrier.

— Mais il a travaillé avec vous ?

— Avec moi, jamais. Vous savez que sous la dictature toutes nos activités étaient très compartimentées. Vous, qu'est-ce que vous faisiez ? demanda-t-il à brûle-pourpoint.

— La même chose qu'aujourd'hui. Je gagnais ma vie en enquêtant sur les affaires qu'on me confiait.

— Et on ne vous a jamais demandé de retrouver un détenu qui aurait disparu ?

Le moment était venu pour Brulé de s'intéresser à sa bière.

— En fait, non, dit-il en jouant avec son verre froid. Ce n'est pas ma faute. Personne ne me l'a jamais proposé. Sachez que j'ai toujours travaillé sur des affaires peu importantes, je suis un prolétaire de l'enquête policière.

Il ne parvenait pas à vaincre la méfiance de Chacón. Il y avait fort à parier que celui-ci mènerait sa propre enquête et découvrirait qu'il était né à Cuba. Pour un révolutionnaire, tout Cubain ayant choisi de vivre à l'étranger était un traître, un *gusano* [1], se souvint Brulé.

— Bon, à l'époque, on savait à qui s'adresser. Pour ce genre de choses, on devait avoir confiance, comme quand on prend un avocat, affirma le commerçant avec dédain. Et comment vous l'avez rencontré, Neco ?

Il avala une bonne gorgée de bière. Son sandwich refroidissait et la conversation commençait à l'ennuyer.

— Pendant les années noires, répondit Brulé sans ciller sous le regard incisif de Chacón. Si Neco m'a conseillé de vous voir, il y a sans doute des raisons, vous ne croyez pas ?

— Neco, répéta l'autre, songeur. Vous savez quoi ? Lui non plus ne fait pas partie de ma paroisse. Depuis qu'il s'est lancé dans les affaires, il a changé. C'est comme ça. La conscience de l'homme est déterminée par ses actes, comme a dit Marx, et notre Neco, que vous le vouliez ou non, se transforme un peu plus chaque jour en bourgeois qui cherche à payer les salaires les plus bas, à acheter les produits au meilleur marché et à augmenter sa clientèle...

1. Ver de terre. Au sens strictement cubain, les *gusanos* sont « des scories antirévolutionnaires et anticastristes ». *(N.d.T.)*

— Nous parlions de Cristián Kustermann.

Chacón avait fait un sort à son second hot dog.

— Je vous ai tout dit. Je n'en sais pas plus, s'excusa-t-il en levant les mains, paumes ouvertes.

— Ça, c'est quand il est parti, mais à son retour ? Il était toujours de gauche ?

Le commerçant fit claquer sa langue, comme pour exprimer son amertume, et but.

— Bon, il lui est arrivé ce qui ne tardera pas à arriver à Neco, prophétisa-t-il. Après avoir été un dissident, il a rompu avec la révolution et, quand il est revenu, c'était un autre homme.

— Pourquoi certains pensent-ils qu'il était de droite avant de quitter le pays ?

— C'était le rôle qu'il jouait. Le meilleur moyen de se protéger.

— Sa défection vous a causé des problèmes ?

— Écoutez, je sais ce que vous pensez, répondit Chacón en le désignant de l'index. Si la révolution devait liquider tous ceux qui l'ont trahie, il y aurait encore plus de sang versé dans ce pays. Mais nous croyons qu'il s'agit là d'un processus naturel de décantation, une purification du mouvement révolutionnaire qui permet de ne garder que les meilleurs. La qualité des hommes, c'est ce qui compte. Vous saisissez ?

Quand il se mettait à gesticuler, en parlant politique, il y avait chez Chacón quelque chose qui rappelait Fidel Castro. Brulé aurait juré qu'il avait devant lui un ancien leader étudiant.

— Aujourd'hui, beaucoup des révolutionnaires des années soixante-dix sont devenus des sociaux-démocrates de droite qui ont honte de leur passé. Ils renient le socialisme et Cuba, fit-il remarquer en baissant les yeux.

Il saisit son verre et le vida cul sec.

— Nous vivons une époque de reflux révolutionnaire mais la roue de l'histoire continue à tourner.

— Et Cristián Kustermann ne vous a jamais déclaré la guerre ? demanda Brulé en saisissant une serviette en papier.

Il ne terminerait pas son second hot dog. Ses gencives étaient très douloureuses et il avait une terrible envie d'uriner.

— À son retour d'Allemagne, Cristián s'est occupé de sa pizzeria, il n'a plus parlé de politique. Il a bradé ses idéaux pour se lancer dans la *pasta* et les sauces. C'est alors que la mort l'a surpris. Il aurait été plus noble de mourir dans le combat contre la dictature, déclara Chacón en effleurant son crâne chauve. Il s'est blasé de la politique et il s'en est écarté définitivement.

— Vous n'avez pas une idée de ce qui aurait pu provoquer ce changement ?

Un sourire, entrecoupé d'un rot qui sentait la bière, apparut sur le visage glabre du commerçant.

— Qu'est-ce que vous croyez ? demanda-t-il avec un petit rire lascif. L'Allemagne, l'argent facile, les blondes à gros nichons, un père plein aux as. Un bourgeois ne se fait jamais hara-kiri...

19

Paula Gómez arriva à la cafétéria de la plage Las Torpederas alors que le soleil avait entamé sa chute dans le Pacifique et que les mouettes lançaient leurs derniers cris de la journée. Brulé, qui l'attendait à une table, l'invita à l'accompagner dans l'avenue Altamirano, en bordure de mer.

— Vous aviez raison, lui dit-il comme ils montaient les marches menant à l'avenue. Cristián n'a passé que quelques années en Allemagne sur les dix qu'il a vécues à l'étranger.

— Et le reste du temps ? demanda-t-elle, surprise.

— C'est la question que je me pose. D'après son dossier à l'Office national du retour, il n'est arrivé en Allemagne qu'en 1988. Bien sûr, on ne dit rien sur le pays dont il venait.

Il attendit sa réaction, mais elle se réfugia dans le silence. Ils marchèrent lentement vers le sud, tout au long de la station balnéaire.

— Et ce pansement ? demanda-t-elle au bout d'un moment.

— J'ai été agressé. Ça ne vaut pas la peine d'en parler, coupa le détective.

— La délinquance ne cesse d'augmenter, preuve que quelque chose ne va pas dans ce pays. Pendant que certains s'enrichissent, la majorité s'appauvrit, répondit la femme.

Puis elle glissa les mains dans les poches de son jean et continua à marcher, le regard baissé.

— Si ça se trouve, il s'agissait seulement d'un avertissement.

— Comment cela ?

— Peut-être que quelqu'un ne veut pas que je poursuive mon enquête. Je n'ai pas reçu de menaces, mais il y a trop de coïncidences. La mort de Léniz était un accident, mais il a pu être provoqué.

— Ce n'est pas pour autant une raison d'imaginer des choses.

— À propos de Léniz ? Comment se fait-il que lui et Cristián possédaient une bague identique, avec une pierre en jade, triangulaire ?

— Des trucs entre amis, répondit Paula sans avoir l'air d'y attacher de l'importance. Ils se connaissaient depuis le lycée allemand et ils se sont revus en Allemagne. Ils ont peut-être scellé un pacte de fraternité.

Elle s'interrompit. Comme hypnotisé, Brulé suivit la course écumante d'une vague qui vint se briser contre les rochers.

— En Allemagne, les jeunes qui partagent les mêmes idéaux utilisent fréquemment ce genre d'objet symbolique, expliqua-t-elle. Je n'ai jamais pris ça au sérieux.

— Des idéaux politiques ?

— Non, répondit-elle avec un claquement de langue. Ce serait beaucoup dire. Une manière de prendre la vie et de s'amuser. Ils draguaient ensemble, jouaient au bowling, buvaient en groupe et se soutenaient mutuellement. Une espèce de maçonnerie.

Ils avaient parcouru tout l'arc de cercle que forme l'avenue autour de la station balnéaire. Maintenant, ils se dirigeaient vers un terre-plein dépourvu de végétation qui s'étendait au pied d'une colline nue, jusqu'aux rochers. Les vagues s'y fracassaient dans des gerbes d'écume, créant une bruine blanchâtre.

— La voiture de Léniz a pris feu et a explosé, remarqua Brulé.

D'un côté du terre-plein, à peu près invisibles à l'ombre de la colline, les occupants de deux autos attendaient la tombée de la nuit. Le détective et Paula se dirigèrent vers les rochers, dépassant les voitures.

— La fameuse Pierre du Bonheur, commenta la femme en indiquant le rocher le plus haut.

Un sourire nostalgique apparut sur son visage.

— C'est ici que les amoureux viennent se suicider.

— Il vous est arrivé de vous y rendre avec Cristián ?

Elle se tourna vers le détective et passa une main dans sa courte chevelure. Elle était humide.

— Cristián ne savait rien de tout ça, soupira-t-elle. Les gens de Viña ignorent les légendes populaires comme celle de la Pierre du Bonheur. Il faut être né à Valparaíso pour en avoir entendu parler.

Le moment était bien choisi pour discuter avec Paula. Le crépuscule au bord de la mer avait gommé la rudesse dont elle avait fait preuve lors de leur première rencontre. Brulé la sentait plus ouverte et plus en confiance. Ils abandonnèrent le terre-plein et marchèrent parmi les rochers. Ils ressemblaient à un couple en train de faire connaissance.

— Cristián ne vous a jamais parlé de Jelle Schwarzkopf ? demanda Brulé en s'arrêtant.

— Jamais.

Elle parut soudain être plus intéressée par le mouvement des vagues.

— Qui était-ce ?

— Probablement une amie de Bonn, expliqua-t-il. Paula, continua-t-il en lui prenant le bras, vous mentez. Ayant vécu dans l'appartement de Cristián, vous savez forcément que Jelle lui écrivait régulièrement.

— Vous êtes un bon détective, lança-t-elle, et elle eut un rire de gamine, prise en faute. Jelle était une de ses amies.

— Une de ses amies ou *son* amie ? insista Brulé en lui lâchant le bras. C'est important. Si elle a été sa fiancée, elle devrait savoir quelque chose sur lui.

Brulé attendit patiemment sa réponse. Le vent leur fouettait le visage et ils décidèrent de s'en retourner. Au loin, les deux voitures attendaient.

— Ça ne servira à rien d'enquêter, dit la femme avec lassitude. Il est mort et rien ne le ramènera à la vie.

— Et Silvio ? demanda brusquement Brulé. Est-ce que vous avez entendu Cristián en parler ?

Dans la pénombre qui s'accentuait, il ne pouvait déjà plus observer ses réactions. Le gravier crissait sous leurs pieds à mesure qu'ils avançaient.

— Qui vous a parlé de lui ? demanda-t-elle.

Brulé observa son profil. Elle se mordait la lèvre inférieure. Il lui posa un bras sur l'épaule et elle ne le repoussa pas. Il continua à marcher. Ils approchaient des véhicules.

— Je n'ai jamais vu Silvio, répondit-elle. Mais il existait et Cristián en avait peur. C'est à cette époque qu'il a installé une double serrure chez lui.

Le détective se souvint de ces deux serrures sur sa porte. Aucun doute. Sur le moment, il s'était étonné d'un tel luxe de précautions alors qu'un concierge était chargé de filtrer les entrées.

— Comment savez-vous qu'il existe si vous ne l'avez jamais vu ?

— Cristián m'en avait parlé. Un jour, il l'avait rencontré à Reñaca et il en avait été très surpris. Quand j'ai voulu savoir ce qui lui était arrivé, il m'a dit avoir revu un ami du passé, sans s'expliquer davantage.

— Et il vous a dit qu'il s'agissait de Silvio ?

— Non. Silvio l'a appelé deux fois chez lui, et chaque fois c'est moi qui ai répondu. Il m'a laissé son nom. Comme je ne le connaissais pas, j'ai demandé à Cristián qui il était et il m'a expliqué que c'était l'ami qu'il venait de revoir.

— Quand était-ce ?

Elle garda le silence et s'immobilisa. Elle sortit un mouchoir de son jean et s'en frotta énergiquement le nez. Elle était nerveuse.

— Six ou sept mois avant son assassinat, répondit-elle en fourrant le mouchoir dans sa poche.

— C'était un Chilien ?

— Il avait un drôle d'accent. D'Amérique centrale, dirais-je.

— Vous voulez une cigarette ? lui proposa Brulé dans le souci de l'apaiser.

Elle accepta. Le détective dut s'y reprendre à trois fois pour l'allumer. La nuit était tombée et les automobiles n'étaient plus que deux vagues reflets dans la pénombre. Brulé posa délicatement sa main sur l'épaule de la femme.

— Et pourquoi Cristián a-t-il ajouté une serrure ? Il se sentait menacé par Silvio ?

— Ç'a été affreux, répondit-elle à l'improviste en baissant la tête.

Elle se tut.

Le détective laissa s'écouler quelques secondes. Il ne voulait pas la troubler.

— Racontez-moi, c'est dans notre intérêt à tous les deux, suggéra-t-il en pressant légèrement son épaule.

Elle soupira, comme à bout de souffle. Ils entendaient le fracas des vagues et, parfois, le crissement de leurs chaussures sur le gravier.

— Oui, horrible, dit-elle. Un soir que j'étais seule chez lui, trois types masqués se sont pointés. Horrible, répéta-t-elle en se mettant à sangloter.

— Calmez-vous. Racontez-moi, la supplia le détective. Que s'est-il passé ? Où était Cristián ?

— À la pizzeria. Les types m'ont bâillonnée, puis ils m'ont déshabillée et m'ont attachée au lit.

De nouveau, elle se tut. Ils s'arrêtèrent. Seule la mer continuait à manifester son existence. Elle hésita, comme si elle ne savait pas si elle devait poursuivre son récit ou garder le silence.

— Ils ne m'ont pas violée, lui assura-t-elle.

Sa cigarette se consumait.

— Non. Ils ont fouillé tout l'appartement et ils sont partis, sans rien emporter. Après m'avoir libérée, Cristián m'a expliqué que c'était un coup de Silvio.

— Pourquoi ?

— Il ne l'a pas dit. Vous, vous croyez que les gens se comportent toujours de façon rationnelle, lui reprocha-t-elle.

— Vous avez averti les carabiniers ?

— Non.

— Pourquoi ?

— Cristián s'y est opposé. D'après lui, c'était une vengeance, et les carabiniers n'auraient fait qu'envenimer les choses. Il a dit qu'il devait s'y prendre autrement pour neutraliser Silvio.

— Une vengeance, mais pourquoi ?

— Il ne me l'a jamais dit. Le lendemain, il a fait poser deux verrous supplémentaires et, à partir de ce jour, je l'ai accompagné à la pizzeria. Mais, au bout d'un moment, je ne l'ai plus supporté, et je l'ai quitté. Je n'en pouvais plus de vivre avec un inconnu, avoua Paula, comme si elle se le reprochait.

Pour la première fois, elle tira une bouffée de sa cigarette. Une ombre passa dans son dos.

— Vous-même, vous n'en avez pas parlé aux carabiniers ?

— À quoi bon, sinon pour se retrouver dans les

journaux ? Ce n'étaient pas des voleurs ordinaires. Ils n'ont pas prononcé un seul mot et Cristián ne m'a jamais dit ce qu'ils cherchaient chez lui.

— Il est au courant, votre ami ?

— Vous êtes le seul à savoir.

20

Deux jours plus tard, Cayetano Brulé déjeuna avec Carlos Kustermann. La *Cucina di Mastrantonio* était un charmant restaurant installé non loin du casino de Viña del Mar.

Le détective décida de ne rien révéler de ce que lui avait raconté Paula Gómez. S'il parlait de l'irruption des trois hommes dans l'appartement de son fils et du conflit qui l'opposait à Silvio, il ne croyait pas l'homme d'affaires capable de tenir sa langue. Il irait probablement tout déballer à la police.

La confession de Paula n'avait fait que confirmer ce qu'il soupçonnait. C'est en dehors du Chili qu'il fallait chercher la raison de l'assassinat de Kustermann. Il n'y avait pas l'ombre d'un doute : Cristián s'était étonné de la présence de Silvio à Reñaca parce qu'il le croyait à l'étranger.

Mais pourquoi se sentait-il menacé ? Et pourquoi sa compagne avait-elle été victime d'une telle agression ? Oui, c'était à l'évidence un avertissement, qui rappelait beaucoup les façons de procéder de la pègre.

Brulé se retrouvait à son point de départ : s'agissait-il d'une vengeance liée à une affaire de drogue, à son activité de restaurateur, à la politique ou à une histoire de femme ? Il ne découvrirait la réponse qu'en retraçant l'itinéraire de Cristián au cours des dernières années.

Le détective et l'homme d'affaires s'installèrent à une table près de l'entrée et commandèrent des lasagnes et la cuvée du patron.

Aujourd'hui, Carlos Kustermann croyait le détective capable d'avancer dans son enquête. Ses dernières découvertes avaient fini par plaider en faveur de Brulé qui, en quelques jours, avait plus progressé que la police.

— Vous pouvez vous rendre en Allemagne, annonça Kustermann comme ils terminaient leurs pâtes.

Il le dit sans manières, sans même lever les yeux de son assiette, comme quelqu'un qui mentionne qu'il se rendra à Valparaíso l'après-midi pour s'occuper d'une formalité douanière.

Après avoir choisi les desserts, il remit au détective cinq mille dollars en liquide et un billet open de la Lufthansa, aller et retour, pour Francfort.

— Voilà, je crois que cela vous suffira, précisa-t-il, et j'espère qu'à votre retour nous connaîtrons les noms des assassins.

Brulé vérifia le billet et goûta à sa glace.

— Ce sont les pistes elles-mêmes qui conduisent en Allemagne, grogna-t-il.

Ils décidèrent de se revoir dès le retour de Brulé.

— S'agissant des positions politiques de votre fils, j'ai entendu des versions contradictoires, l'avertit Brulé. Et cela me préoccupe. Un type de gauche m'a dit que, peu avant son départ, votre fils soutenait l'opposition à Pinochet. Pour un autre, il avait été pinochétiste. Paula le situe au centre et vous-même affirmez qu'il était de droite.

— Mensonges ! s'exclama l'homme d'affaires en repoussant sa tarte aux fruits. Cristián, dans sa jeunesse, sympathisait avec le gouvernement conservateur. Paula et le type de gauche veulent faire de mon fils une victime des groupuscules de droite. C'est une infamie.

— D'après ce que j'ai cru comprendre, vous et Cristián n'avez pratiquement eu aucun contact durant son séjour à l'étranger. Comment pouvez-vous être sûr qu'il n'a pas changé ?

— C'est faux, protesta Kustermann. Nous sommes toujours restés en relation, y compris ici. D'ailleurs, c'est avec mon argent qu'il a ouvert son commerce.

Quelqu'un toussa fortement à une table proche, rendant inaudible une chanson nostalgique des Byrds.

Ils commandèrent un espresso. C'était lamentable, mais il n'y avait que du café filtre à l'américaine. Au Chili, il est très difficile de trouver un restaurant qui propose un véritable espresso, et pratiquement impossible d'en trouver qui dispose d'une machine à café en bon état, se plaignit Brulé.

— Cristián, comment s'est-il rendu en Allemagne ? demanda-t-il.

— Il a obtenu une bourse de la fondation Seidel.

— Qu'est-ce que c'est ?

— Un institut allemand d'études politiques, conservateur, qui accorde des bourses pour l'Allemagne, expliqua Kustermann. Que la Seidel la lui ait offerte prouve que mon fils était conservateur, ce qui dément les versions de Paula et de votre informateur...

— Est-ce qu'il y a un membre de la fondation ici, au Chili, qui pourrait m'en dire plus à ce propos ?

Kustermann s'essuya les lèvres avec la serviette, qu'il replia soigneusement et posa près de son assiette.

— J'ignore qui est son représentant actuel au Chili, mais, quand Cristián a fait sa demande, il s'agissait du Dr Sommer, se rappela-t-il. Il se souviendra sûrement de lui. C'est par moi qu'ils se sont connus.

Le détective jeta un coup d'œil autour de lui au moment même où la voix de Nicola di Bari envahissait le petit établissement. Il ne restait qu'une demi-douzaine de clients. Il se ficha une cigarette entre les lèvres et s'assura que sa moustache était propre et bien lisse.

— D'où son départ pour l'Allemagne, dit-il.

— Exact, répondit Kustermann.

Ses doigts fins, aux ongles soignés, déposèrent un Lanceros sur la nappe bordeaux.

— Vous allez trouver la neige, là-bas.

Brulé observa les gestes précis de son client en train de préparer le havane. Il le fit d'abord rouler sur la table, le caressant délicatement, puis en trancha une extrémité avec un minuscule coupe-cigare doré et l'alluma avec son briquet en or.

— Vous aimez la neige ?

Le détective était songeur. Il allait retrouver la froide Allemagne, qu'il avait déjà connue dans sa jeunesse, au cours de ses années passées dans les forces américaines stationnées aux abords de l'aéroport de Francfort. Il eut l'impression de redécouvrir l'odeur forte du charbon qui émanait du chauffage central de son unité et le crissement de la neige sous ses bottes, les nuits de garde. Il se souvint des promenades interminables dans les bois de pins alignés avec la régularité de plants de vigne. Il entendit la voix rauque et déterminée de Cornelia Busch qui lui demandait avec insistance de lui apporter, à sa prochaine visite, dans une semaine, des cartouches de cigarettes et du whisky détaxés.

— Vous aimez la neige ? répéta Kustermann, soufflant quelques volutes de fumée vers la lampe en forme de cloche suspendue au-dessus de la table.

— J'ai déjà du mal à supporter le climat froid de Valparaíso, avoua le détective en s'arrachant au passé.

Il se tut. Il venait de se rendre compte qu'il aurait besoin de plusieurs jours pour se procurer des vêtements chauds, établir un plan de travail en Allemagne et prendre les dispositions nécessaires afin de confier l'agence, la maison et Esperanza à Suzuki.

II

1

Quelques jours plus tard, Cayetano Brulé s'envola pour l'Allemagne, via São Paulo. L'après-midi était sombre quand il atterrit sur l'aéroport de Francfort. Après un pittoresque voyage en train le long du Rhin, qui lui permit de découvrir des vignobles quasiment plantés à la verticale, des châteaux en ruine et des cités antérieures à Christophe Colomb, il parvint à Bonn.

Les rues étroites et sinueuses de la ville sentaient la pâtisserie et le détergent. Il ne vit pas d'enfants, mais un nombre incroyable de vieillards à l'air peu amène. Ce qui ne les empêcha pas de se disputer pour lui expliquer comment se rendre au *Sternhotel.*

Il s'agissait d'un petit édifice de quatre étages, datant du XVIIIe siècle, situé sur la place du Marché, à côté de la vieille mairie soigneusement restaurée. Il arriva à sept heures du soir, alors qu'il faisait déjà nuit. Les commerces avaient fermé et les passants étaient rares.

Une femme massive, au teint pâle, lui confirma sa réservation et lui remit les clefs d'une chambre au quatrième.

Peu après, il découvrit une pièce minuscule, avec salle de bains, et une fenêtre dominant la place. Brulé prit une douche et sortit. Il avait faim et mourait d'envie de manger chaud. Le voyage avait été épuisant, mais à cause du décalage horaire — au Chili il était quatre heures plus tôt — il n'avait pas sommeil.

Pour le moment, deux choses lui importaient : entrer dans un restaurant et passer à la rédaction de *Freies Lateinamerika*. D'après le plan, ce n'était qu'à quelques rues de son hôtel.

L'air froid et sec de Bonn était agréable. Lors de son séjour précédent, pendant les années soixante, il avait appris l'allemand. Des rudiments, certes, mais définitifs. À l'époque, le monde était divisé en deux blocs et le nazisme semblait avoir été éradiqué à jamais de ce pays.

Il se décida pour un McDonald's. À cause du prix et parce qu'il était persuadé qu'il ne jouirait pas du calme nécessaire pour apprécier un vrai repas. Il n'aimait pas la nourriture allemande, mais il savait qu'on trouvait ici les meilleurs restaurants de cuisine méditerranéenne. Massivement arrivés dans les années soixante pour participer au « miracle économique », les travailleurs italiens, grecs ou espagnols avaient été suivis par des cuisiniers qui n'avaient pas tardé à ouvrir de modestes gargotes. Avec le temps, et grâce à leur savoir-faire, ils avaient su se faire une place dans ce milieu très concurrentiel.

Au milieu d'une multitude de jeunes géants, il commanda un Big-Mac et deux bières. Il prit ensuite un café. Pour finir, il eut l'impression d'avoir payé l'addition la plus exorbitante de sa vie pour un sandwich.

Ayant suivi un passage étroit qui s'élargissait à son extrémité pour former une petite place sur laquelle donnaient une demi-douzaine de commerces, il tomba sur le siège de la revue. Au centre de la place se trouvait une petite fontaine, à sec, vu la saison. Il marcha jusqu'à l'entrée dans l'espoir d'y rencontrer quelqu'un, mais c'était fermé.

Le local était modeste : deux petites pièces qui, naguère, étaient utilisées par un commerce. Une lumière blafarde brillait à l'intérieur. La porte vitrée et les vitrines étaient tapissées d'affiches évoquant des groupes politiques latino-américains, des activités de soutien à des guérilleros de là-bas et des livres récemment publiés.

Sur l'une d'elles, le général Augusto Pinochet, bras croisés, le regardait d'un air de défi derrière ses lunettes noires. Sous la photo, on affirmait en lettres majuscules : « L'ASSASSIN EST TOUJOURS AU POUVOIR. SOUTENONS L'OPPOSITION CHILIENNE RÉELLEMENT DÉMOCRATIQUE. » Un autre poster invitait à une marche en faveur de « la lutte glorieuse du peuple cubain contre l'impérialisme », et un troisième sollicitait des dons destinés à la guérilla guatémaltèque.

Brulé passa un moment à essayer de décrypter en détail ces proclamations. Entre les affiches il put distinguer deux bureaux méticuleusement rangés et un ordinateur protégé par une housse. Les murs étaient eux aussi couverts d'affiches politiques et d'étagères de livres.

En été, l'endroit devait être magnifique, songea-t-il en laissant errer son regard sur la fontaine et les vitrines des magasins. Il remarqua un petit café, un antiquaire oriental, un coiffeur unisexe et un réparateur de bicyclettes. Il était certain qu'à la belle saison on installait des tables sur la place et qu'on pouvait y savourer un espresso, lire les journaux et écouter le ruissellement de l'eau dans la fontaine. Mais, pour l'instant, la neige et un froid horrible régnaient en maîtres.

Il avait le crâne gelé et il décida de revenir le lendemain. Il était probable qu'un collaborateur de la revue connaîtrait Cristián Kustermann ou Jelle Schwarzkopf.

Il rentra à son hôtel. La neige crissait sous ses bottes et de minuscules flocons tournoyaient devant les phares des voitures, poussés par une brise légère et silencieuse.

Avant de dormir, il feuilleta l'annuaire. Il trouva une liste interminable de gens qui s'appelaient Sommer. Impossible donc de savoir où habitait l'ex-représentant de la fondation Seidel au Chili. Cependant, il nota que la fondation, outre son siège à Munich, disposait d'une antenne à Bonn. C'est là-bas qu'il irait poursuivre son enquête le lendemain.

2

Le carrelage de couleur donnait au bureau un petit côté hygiénique. Le Dr Sommer invita Cayetano Brulé à s'asseoir et lui proposa un café avec un geste où se mêlaient la rude affabilité bavaroise et une envie très forte de savoir ce qui avait pu conduire cet inconnu à venir le voir.

— Je suis détective privé et je cherche à en savoir plus sur la vie de Cristián Kustermann, que vous avez connu voici une douzaine d'années, expliqua-t-il. Kustermann a été assassiné au Chili, il y a peu.

Derrière son bureau métallique, le Dr Sommer se cala dans son fauteuil pivotant et croisa les mains sur son ventre. Son regard se posa sur le pansement de Brulé et sur les contusions qui ornaient toujours son visage.

— Je suis désolé, dit-il, stupéfait. Comment cela a-t-il pu arriver ? Ça remonte à quand ?

— Quatre mois environ. Il a été tué dans son restaurant, au cours d'une attaque à main armée. Son père m'a demandé d'enquêter.

— M. Kustermann avait effectivement reçu une bourse de notre fondation, confirma le Dr Sommer, songeur. C'était un jeune à l'esprit ouvert, quoique immature.

— Comment vous a-t-il contactés, au Chili ?

— Par l'intermédiaire de son père, don Carlos, si ma mémoire est bonne. Un brillant homme d'affaires. Il nous a présenté son fils à Viña del Mar. Il désirait le voir quitter le pays.

Le Dr Sommer se tut un instant, les yeux fixés sur la pelouse soigneusement tondue. Puis il demanda :

— Pardonnez ma curiosité, mais a-t-on établi les mobiles du crime ?

— Pas du tout, répondit Brulé. Vous me permettez de fumer ? demanda-t-il en glissant une main dans sa veste.

Le Dr Sommer n'y vit pas d'inconvénient.

Une fille jeune, aux cheveux courts et aux traits masculins, pénétra sans bruit dans le bureau. Elle portait deux énormes tasses de café. Elle s'en alla et, comme elle traversait la pièce, le détective se rendit compte qu'elle était pieds nus.

— Cela a dû être terrible pour don Carlos, finit par dire Sommer. Nous étions en très bons termes avec lui, et, pour être honnête, si nous avons accordé une bourse à Cristián, il le doit à son père. Ce jeune homme ne nous a jamais pleinement convaincus, ajouta-t-il.

Brulé expulsa un nuage de fumée. Le responsable tournait son café en regardant le gazon. Carlos Kustermann avait confié à Brulé qu'il avait entretenu d'excellentes relations avec Sommer dans les années soixante-dix. Ils aimaient tous les deux la pêche et s'étaient plusieurs fois rendus dans le Sud pour pêcher la truite.

— Pourquoi ne vous avait-il pas convaincus ? demanda le détective.

— Je ne devrais pas vous le dire, affirma Sommer. Mais à quoi bon, les morts ne sont pas des saints. Écoutez, il avait obtenu une bourse pour je ne sais quelles études en Allemagne, mais, une chose est sûre, au bout de quelques mois il a changé du tout au tout.

— Il vivait à Bonn ?

— Oui.

— Ce n'est pas une ville très séduisante pour les jeunes, fit remarquer Brulé. On dirait une ville de retraités.

— De retraités, de parlementaires et de diplomates, précisa le Dr Sommer.

— Qu'entendez-vous par « changé du tout au tout » ?

L'Allemand soupira profondément et se passa la langue sur les lèvres.

— Nous sommes une fondation qui défend des valeurs traditionnelles, expliqua-t-il. Ce jeune homme n'a pas tardé à se séparer de nous, politiquement parlant. Il travaillait bien, mais, à l'université, il est tombé sous la coupe des gauchistes. En Europe, l'époque était à la confrontation idéologique.

Il esquissa un sourire hésitant qu'il fit disparaître par une gorgée de café.

— Je vois, répondit Brulé, et il goûta, plein d'espoir, le café trop léger.

— Nous avons dû l'exclure, murmura son interlocuteur, se penchant en avant, mais il n'en a eu cure et est resté.

— C'était facile pour lui puisqu'il était fils d'un Allemand.

— Oui, il avait la double nationalité et il a pu continuer à vivre ici après... comment dire... la rupture.

— C'était au début des années quatre-vingt ?

— Exact. Il avait vingt et un ans. Il avait confiance en lui et ne manquait pas de dynamisme. Il appréciait beaucoup les Allemandes, ajouta le Dr Sommer avec une lueur gamine dans les yeux.

— Et il a achevé ses études à Bonn ?

— Alors là, c'est une chose que j'ignore totalement, répondit-il en retrouvant son sérieux. Une fois exclu du cursus auquel lui donnait droit notre bourse, il a cessé de nous intéresser, vous comprenez. Nous avons tellement de boursiers qui viennent du monde entier...

Dehors, il avait recommencé à neiger. Le ciel avait viré au gris perle et les bruits de la rue parvenaient amortis à travers une petite fenêtre ouverte.

— Il nous a trahis, résuma le Dr Sommer, visiblement déçu. Nous aurions pu accueillir quelqu'un d'autre à sa place qui aurait mieux fait l'affaire. Enfin, je l'avais toujours pressenti. Mais comment résister à la demande d'un bon ami ?

Dans l'interphone, une voix féminine émit un message incompréhensible pour Brulé.

— Je vous prierai de m'excuser, mais j'ai un autre rendez-vous, dit le Dr Sommer en se levant, ce qui mettait un terme à l'entretien. Si je puis vous être utile en quoi que ce soit, n'hésitez surtout pas. Je suis à votre disposition pendant les heures de bureau. À propos, laissez à ma secrétaire l'adresse de don Carlos. Nous lui enverrons nos condoléances, cela va de soi.

3

À midi passé, à l'heure où une pâle clarté avait succédé au froid et que de gros nuages déchiraient le ciel, Cayetano Brulé retourna devant la rédaction de la revue.

La couche de neige avait diminué, mais la petite place et la fontaine disparaissaient encore sous un manteau d'un blanc jaunâtre. Une rousse en jean et gros pull à motifs géométriques s'était mis en tête d'ouvrir la porte du local sans descendre de son vélo.

— *Guten Morgen*, lança-t-elle machinalement, devinant sa présence, sans lever les yeux, tout en essayant nerveusement de forcer l'entrée de la clef dans la serrure. *Diese Scheisstür, immer dasselbe*[1] *!*

Les mains dans les poches de son manteau, Brulé remarqua avec un plaisir discret le profil délicat et couvert de taches de rousseur de la femme dont les joues avaient pris des couleurs. Il attendit en silence qu'elle réussît dans son entreprise.

— *Diese Scheisstür !* répéta-t-elle.

L'écho de sa voix alla se perdre sur la petite place pratiquement déserte.

1. « C'est toujours la même chose avec cette saloperie de porte ! » *(N.d.T.)*

— *Darf ich Ihnen helfen*[1] ? proposa enfin Brulé, convaincu que les gestes de plus en plus violents et désordonnés de la cycliste ne la mèneraient à rien.

La femme leva brusquement la tête, surprise par son accent. Elle poussa un petit cri et lui désigna la clef coincée dans la serrure.

— *Geht nicht*[2]... se plaignit-elle en retirant ses gants de laine.

— *Sprechen Sie English oder Spanisch*[3] ? s'enquit Brulé avant qu'elle ne se remette à l'ouvrage car elle ne semblait pas disposée à accepter l'aide de quiconque, encore moins d'un homme.

— Qui cherchez-vous ? demanda-t-elle en espagnol.

Elle se mordilla un ongle.

Brulé essuya la poudreuse qui s'était accumulée sur son crâne et se frictionna les oreilles. À la longue, il allait vraiment prendre froid. Il lui fallait s'acheter une chapka en lapin.

— Plusieurs personnes, répondit-il. Cristián Kustermann, Jelle Schwarzkopf et Luciano Rojo.

Elle descendit de son vélo, sans le lâcher. Elle avait de longues et belles jambes.

— Ils ne travaillent pas ici.

— Ils y ont travaillé ? demanda-t-il, découragé.

— Cristián, le Chilien, y a travaillé à l'occasion voici quelques années. Mais il est parti.

— Où est-il aujourd'hui ?

— Je ne sais trop. Quoi qu'il en soit, il n'est plus là. Et par conséquent, Luciano non plus, ajouta-t-elle, enjouée, puisqu'il s'agissait de son pseudonyme.

— Bien sûr, répondit Brulé. Je le savais, c'était une façon de demander.

Très grand seigneur, un bâtard couvert d'une cou-

1. « Puis-je vous aider ? » *(N.d.T.)*
2. « Pas moyen... » *(N.d.T.)*
3. « Parlez-vous anglais ou espagnol ? » *(N.d.T.)*

verture écossaise à sa taille apparut sur la place, suivi à bonne distance par une petite vieille portant un chapeau et emmitouflée dans un manteau sombre. Les deux femmes se saluèrent et les échos de leurs voix se croisèrent à hauteur de la fontaine.

— Oui, il apparaissait dans la revue sous le nom de Luciano.

Le chien renifla plusieurs portes de manière soupçonneuse mais n'urina sur aucune. Puis, quelque peu dépité, il abandonna la petite place et la vieille lui emboîta le pas.

— Il écrivait de temps en temps des articles sur l'Amérique latine que je traduisais, précisa la cycliste.

Elle fit une pause et ses yeux bleus regardèrent Brulé avec affabilité.

— Je suis la directrice de la revue, reprit-elle. D'où la connaissez-vous ?

— Il m'est arrivé de la lire.

Elle se remit à forcer avec la clef. Elle allait finir par la briser.

— Vous permettez que je vous aide ? Avec le vélo, vous n'y arriverez jamais.

Comme par magie, la serrure s'ouvrit sous les mains à moitié gelées de Brulé. La femme poussa un cri d'admiration, pédala jusqu'à l'emplacement réservé aux vélos, sur la place, et s'en revint à grands pas. Elle l'invita à entrer.

— Il fait bon ici, dit-elle en éteignant la lumière blafarde et en allumant un lampadaire qui éclaira modestement l'espace. Vous allez attraper froid sans bonnet. Je peux vous offrir un café.

Brulé accepta et déboutonna son manteau.

Elle le lui arracha des mains et le suspendit à un cintre qui disparut à l'intérieur d'une armoire de chêne où pendaient d'autres pulls aux motifs identiques aux siens. Elle se planta ensuite au milieu de la pièce. Elle avait la taille fine et une poitrine généreuse, remarqua Brulé, ravi.

— Je m'appelle Niemeyer, Anita Niemeyer, dit-elle. Je dirige la revue et suis membre de la direction du comité de solidarité permanente avec l'Amérique latine. Ne vous inquiétez pas. C'est un titre ronflant mais nous ne sommes que trois à travailler ici.

— Enchanté. Cayetano Brulé, répondit-il. J'arrive du Chili. Vous avez un très beau local dans un endroit magnifique. Je vous félicite.

— Ce n'est pas donné, l'informa-t-elle, dressée au centre de la pièce, mais nous nous finançons sur des fonds propres et grâce à l'Église évangélique. On a ici une excellente documentation sur l'Amérique latine, des textes qu'on ne trouve pas dans les grandes bibliothèques.

— Intéressant...

Ils demeurèrent un moment sans parler, promenant leur regard autour du local. Pour lui, c'était un lieu inconnu, tandis qu'elle le redécouvrait.

— Et qu'est-ce qui vous amène ? Vous habitez ici ou au Chili ?

Brulé décida d'aller droit au but :

— Au Chili. Je suis à la recherche d'informations sur Cristián Kustermann.

Il sortit de la poche intérieure de sa veste de polyester deux photos pliées de Cristián et les lui montra.

— Vous êtes de la police ? demanda-t-elle alors, en fronçant les sourcils, semblant flairer l'atmosphère.

— Je travaille pour le père de Cristián, répondit Brulé calmement.

Il récupéra les photos.

— Cristián a été assassiné il y a quatre mois.

— *Scheisse!* s'exclama Anita en se passant une main dans les cheveux.

Puis elle s'assit au bureau le plus proche, y appuyant les deux coudes.

— Cristián est mort ?

— Depuis plus de quatre mois.

Brulé prit le temps de faire une pause. Il sortit son paquet de cigarettes et en alluma une. À l'évidence, elle avait oublié le café.

— J'ai toujours su qu'il serait victime de la police secrète. Ce n'est pas ce qui s'est passé ? demanda-t-elle, éprouvant un besoin urgent d'être confirmée dans ses dires.

— Nous ne connaissons pas les assassins.

— Comment est-il mort ? le coupa-t-elle.

— Dans une pizzeria...

— Un attentat ?

— Elle lui appartenait. Une agression à main armée. Des voyous, apparemment.

— Ça, personne ne va y croire.

— En fait, j'ai plusieurs hypothèses, et certaines mènent à l'étranger, poursuivit Brulé. Plus particulièrement en Allemagne. En savoir davantage sur la vie qu'il menait ici pourrait aider à éclaircir ce crime. Mais pourquoi pensez-vous que la police politique pourrait être impliquée ?

— Il avait beaucoup écrit contre la dictature. Il avait peur et c'est pour cela qu'il avait pris le pseudonyme de Luciano Rojo.

— Pinochet n'est plus au pouvoir.

— Il n'est plus président, mais il continue à gouverner. Pour quelqu'un qui vit au Chili, votre naïveté me surprend, protesta la femme.

Son visage se renfrogna.

— Des centaines de dirigeants chiliens en exil ont écrit contre le régime militaire, répliqua le détective. Aujourd'hui, en démocratie, ils sont parlementaires ou participent au gouvernement...

Anita secoua la tête, s'enfermant dans une logique qu'elle ne désirait pas expliquer. D'un geste coquet, elle arrangea ses cheveux en arrière.

— Pour Cristián, les choses ont été différentes, affirma-t-elle en haussant le ton. Je suis persuadée qu'on l'a supprimé à cause de son opposition déterminée à la junte.

— Vous pensez qu'il avait rejoint les rangs de... ? Qu'il faisait partie de la guérilla, au Chili ?

— Je ne sais pas, dit-elle sans dissimuler son inquiétude. Ce n'est qu'une supposition.

Elle se remit debout avec souplesse. Elle franchit le seuil qui menait à l'autre petite pièce et disparut.

Le détective jeta un coup d'œil autour de lui. Le ton des affiches révélait la vigueur idéologique caractéristique des années soixante. Il parcourut les titres des ouvrages soigneusement rangés sur les étagères. Il s'agissait pour la plupart de livres de référence sur l'Amérique latine. En majorité, ils traitaient de la révolution sandiniste, des guérillas guatémaltèque et salvadorienne et du blocus commercial de Cuba imposé par les États-Unis. Il trouva une collection complète de livres sur le gouvernement d'Allende et le coup d'État de 1973.

Quand elle réapparut, Anita portait deux grandes tasses d'un café qui sentait bon, du sucre roux en morceaux et des cuillères. Ils prirent place près du bureau.

— Je n'arrive toujours pas à y croire.

— Quelles étaient les occupations de Cristián à Bonn ? demanda Brulé en faisant tourner une cigarette entre ses doigts. Il militait quelque part ?

— Je ne sais trop, dit-elle.

La tasse lui réchauffait les mains.

— Il a surgi un jour avec ses articles sur la situation au Chili. Il suivait des études à la fac et travaillait comme serveur dans des restaurants italiens.

— Voyez-vous, poursuivit Brulé, je me demande comment il a abouti chez vous. Votre revue a une ligne politique bien définie et il me semble qu'elle est fermée à toute position...

Elle soupira brusquement.

— Ce pays est contrôlé par la presse de droite, par

le patronat et par les anciens nazis, répliqua-t-elle, tout à fait sérieuse. Il serait impardonnable de permettre aux réactionnaires de s'immiscer dans ce bastion révolutionnaire.

— Comment Cristián est-il arrivé chez vous ?

— Je ne m'en souviens pas. Je ne sais plus qui nous l'a présenté, mais Jelle Schwarzkopf pourrait vous le dire.

— Jelle ?

— Oui. Elle vivait avec lui, répondit Anita comme si cette information aurait dû être connue du détective. Mais j'ignore où elle habite actuellement. Il y a longtemps qu'elle s'est écartée de notre ligne.

— Vous connaissez quelqu'un susceptible de me donner son adresse ?

— Oui, le camarade Pete le Noir.

4

Rien ne l'aurait fait céder : ni le froid ni la neige, ni l'envie de se prélasser dans un lit douillet, un samedi matin.

Avec ses bottes militaires vert olive, son foulard palestinien autour du cou et son béret noir piqué d'une étoile rouge, il se dressait, impassible, sous les drapeaux qui flottaient au-dessus de son stand consacré à la solidarité avec l'Amérique latine. Il était très brun, un mulâtre comme les aimait Cayetano Brulé.

— Pete, dit le détective après avoir jeté un coup d'œil rapide sur les livres, revues et fascicules présentés sur une table à tréteaux.

L'homme, qui avait une barbe noire fournie, se retourna vers l'endroit où on avait prononcé son nom et planta un regard sombre et méfiant dans celui de Brulé.

— Oui, camarade ? répondit-il après l'avoir scruté quelques secondes et avoir acquis la certitude que l'inconnu était sud-américain.

— Anita Niemeyer m'a dit que vous pourriez m'aider à trouver Jelle Schwarzkopf.

— Jelle, Jelle, répéta Pete le Noir en suçotant sa lèvre inférieure, sans cesser de surveiller les publications.

Un Allemand dégingandé, à lunettes et cheveux

longs, et qui mangeait des frites dans un cornet McDonald's, s'apprêta à feuilleter un livre.

— *Nein, nein, nicht mit schmutzigen Händen*[1], lui lança d'une voix péremptoire Pete le Noir, interposant à temps une main velue entre celle, graisseuse, de l'Allemand et deux tomes brunis de l'*Histoire de la révolution russe*, de Léon Trotski.

Le grand type retira ses doigts et continua à puiser machinalement dans son cornet de frites. Puis il s'éloigna en direction du stand concurrent du peuple kurde, où, sous des drapeaux rouges, quelqu'un lisait une proclamation contre certain personnage.

— Ce sont tous des provocateurs, fit remarquer Pete le Noir en essuyant les couvertures avec un mouchoir. Si on ne fait pas gaffe, ils vous tachent les bouquins et vous piquent les autocollants pour les jeter dans la première poubelle. Rien que des racistes et des réactionnaires ! Vous savez combien ça coûte d'imprimer mille autocollants en trois couleurs ? demanda-t-il d'une voix forte à Brulé. Bon, peu importe.

Par simple curiosité, Brulé s'intéressa aux autocollants. Elles représentaient des drapeaux claquant au vent, des mains enlacées, des poings serrés et des sigles qui lui étaient inconnus.

— Et de quel pays vous m'avez dit que vous étiez, camarade ? lui demanda ensuite Pete le Noir, visiblement calmé.

— Du Chili.

On lui aurait donné la quarantaine bien conservée. Il avait la peau desséchée par le froid et la bedaine caractéristique du buveur de bière allemande, amateur de sandwichs grecs et de pain pita.

— Alors vous êtes chilien, répéta-t-il, rejetant la tête en arrière et plissant les yeux de façon étudiée. Nous sommes donc compatriotes.

1. « Non, non, pas avec les mains sales ! » *(N.d.T.)*

Son béret était resté bien en place.

— De cœur seulement, corrigea Brulé avec un sourire.

Pete le Noir le regardait d'un air soupçonneux.

— Je suis né au Venezuela.

— Bon, vous vivez au Chili, en Allemagne ou au Venezuela ? voulut savoir l'homme.

Il commença par arranger sa longue tignasse avant de se lisser la barbe, comme pour en effiler l'extrémité.

— Au Chili.

— Le camarade vient donc de l'intérieur, songea tout haut Pete le Noir. Voyage touristique ?

Brulé eut conscience du ton inquisiteur de la question. Pete lui imposait l'épreuve du feu.

— En fait, j'en profite pour rendre visite à de vieux amis, expliqua-t-il, conciliant.

Il se dit qu'il devait sans tarder échapper à l'étreinte de Pete le Noir.

Il fit une tentative en ce sens :

— Vous connaissez Cristián Kustermann ?

— Cristián Kustermann, répéta l'autre comme s'il consultait un volumineux dossier enfoui dans son cerveau.

Il se caressait toujours la barbe.

— Oui, c'était l'ami de Jelle ! s'exclama-t-il, en surveillant un couple qui s'était approché du stand et mangeait des saucisses à la moutarde. Mais il est retourné au Chili, il y a deux ans environ. Il en a eu marre...

— De quoi ?

— De tout, camarade. De ce pays, de son boulot, de la politique. Il est rentré au bercail, comme on dit.

Il s'interrompit et, sur le qui-vive, surveilla le couple emmitouflé dans des parkas et des chapkas.

— *Nein!* hurla-t-il soudain. *Nicht mit schmutzigen Händen!*

Le couple, effrayé par le combattant urbain, renonça

à feuilleter les publications et s'éloigna vers d'autres stands.

— Qu'est-ce que je vous disais ? lança Pete le Noir au détective, comme si c'était à lui qu'il revenait de surveiller la clientèle.

Il se remit à essuyer les couvertures avec un mouchoir.

— Et pourquoi est-il parti, Cristián ? insista le détective.

— Des comptes à régler avec son âme, comme dit Rubén Blades.

— Il n'aimait pas beaucoup l'Allemagne, remarqua Brulé pour stimuler le barbu.

— Personne ne supporte un pays aussi raciste, aussi matérialiste. Surtout qu'il avait vécu longtemps à Cuba, précisa-t-il.

— Combien de temps a-t-il passé dans l'île ?

Pete le Noir se caressa encore une fois la barbe et repoussa ses cheveux derrière les oreilles.

— Je ne m'en souviens pas, répondit-il avec un geste de la main. Jelle doit être au courant.

Un groupe de manifestants excités, vêtus de parkas vertes et portant des pancartes indéchiffrables, s'était soudain formé derrière le stand. Ils vociféraient des slogans en frappant frénétiquement dans leurs mains. Brulé se sentit menacé, plus particulièrement par quelques femmes tout en noir, au visage dissimulé, qui hurlaient et levaient le poing à l'unisson. Un moustachu dirigeait le chœur grâce à un mégaphone.

— Ces Turcs de merde ne sont jamais d'accord, déclara Pete le Noir d'un ton définitif après avoir tourné la tête vers la manifestation.

Brulé craignit que les manifestants ne se rendent compte de l'animosité de son interlocuteur et il essaya, mais en vain, de tempérer son humeur belliqueuse. Il comprit que le danger était réel, car les pavés de la Münsterplatz étaient envahis de nombreux groupes agressifs dont il ne s'expliquait pas la provenance.

À une extrémité de la place, près d'un supermarché Hertie, une multitude de jeunes arrivaient maintenant. Ils lançaient des slogans contre les Serbes et brandissaient des pancartes, des matraques et des banderoles. Ils se retrouvèrent rapidement face à une centaine de Palestiniens qui, coiffés de leur traditionnel keffieh blanc et noir, exigeaient l'indépendance de la bande de Gaza.

— Dites-moi, Pete, s'empressa de demander Brulé, craignant le déclenchement imminent d'une guerre civile au centre de Bonn — et aussi d'être arrêté —, où puis-je la trouver, Jelle ?

— Du calme, camarade, c'est tous les jours pareil, répondit le barbu, et il se mit à ranger avec habileté ses livres dans des caisses en carton recyclable. Rejoignons plutôt la marche du peuple érythréen. Aujourd'hui, elle passe juste sous les fenêtres de Jelle.

5

— Cristián, j'ai toujours su qu'ils finiraient par le tuer au Chili, dit Jelle Schwarzkopf, debout sur le seuil de son appartement, levant ses yeux bleus sur le pansement du détective. Je l'avais prévenu et je n'ai pas été surprise quand je l'ai appris, hier.

Secrétaire dans une société de vente d'ordinateurs, elle suivait aussi des cours de peinture et participait activement à des groupes de soutien aux mouvements révolutionnaires d'Amérique latine. Elle admirait Oriana Fallaci, Frida Kahlo, Rosa Luxemburg et plusieurs idéologues allemandes du féminisme.

— Je lui avais demandé de ne pas partir, pour profiter de la chance de vivre dans un pays développé, poursuivit-elle.

Elle l'invita à ôter ses chaussures et à s'asseoir sur le tapis d'un salon qui faisait office de salle à manger et de chambre, à en juger par la table du milieu et le lit. Brulé, après avoir jeté un regard nostalgique vers une chaise Ikea sur laquelle reposait un bonsaï, croisa péniblement les jambes. La femme, blonde et mince, lui proposa un thé au jasmin accompagné de pain de seigle et de saindoux. Brulé refusa, car il espérait pouvoir déjeuner plus convenablement dans un restaurant du quartier.

Quelqu'un toussa dans une des pièces de l'appartement que partageaient trois femmes. Cela rompit le silence qui régnait dans tout le bâtiment, une construction des années vingt, au plafond haut, très proche de la gare.

— Oui, je lui avais proposé de rester, ajouta-t-elle. Avec l'aide sociale et quelques heures de travail au noir par semaine, on arrive à s'en tirer.

— Il a refusé ?

— Il ne s'était jamais adapté. Le racisme le mettait hors de lui. Il pensait que c'était un sentiment propre aux Allemands. Impossible de lui faire comprendre que les Chiliens auraient été pires encore si un million de Péruviens ou de Boliviens vivaient chez eux.

— Mais ils ne les pourchasseraient pas avec des matraques et ne mettraient pas le feu à leurs logements, répondit avec conviction le détective.

— Tout change quand un pays compte cinq millions d'étrangers, trancha-t-elle avec un regard dur.

Le bâtiment trembla. Ils étaient au quatrième. C'était l'express d'Amsterdam qui passait.

Elle croisa les jambes dans la position du lotus, se voulant détendue. Elle revint à son sujet. Elle ne croyait pas que Cristián eût des ennemis à Bonn, en dépit des nombreux adversaires politiques qu'il comptait parmi les Chiliens sociaux-démocrates ou membres de la démocratie chrétienne. La haine dont il avait été victime ne pouvait venir que de la police de la junte militaire.

— À l'époque de Pinochet, l'ambassade chilienne abritait des agents de la DINA qui surveillaient les activités des opposants au régime, ajouta Jelle Schwarzkopf. On peut imaginer qu'ils l'avaient fiché en attendant son retour au pays.

— Pourquoi écrivait-il dans la revue sous pseudonyme ? demanda Brulé.

— Il voulait éviter des ennuis à son père. En outre, comme il pensait rentrer un jour, il préférait ne pas s'exposer à la vengeance de la police secrète de Pinochet.

— Pendant les dernières années du gouvernement Pinochet, de nombreux opposants écrivaient contre lui, fit observer Brulé.

— Mais Cristián, dès son arrivée en Allemagne, avait d'abord prôné le soulèvement populaire. Il ne croyait pas qu'on puisse rétablir la démocratie par une voie différente.

— Et quand il est apparu que le pays y parviendrait par les urnes ?

— Je crois qu'alors il a changé, répondit-elle en se relevant. Au début, il était déconcerté. Il disait qu'il fallait lutter autrement.

— Renoncer au soulèvement armé ?

Le détective lui aussi se remit sur pied, car il était menacé de crampes. Il sentit ses muscles se détendre.

— Possible, dit-elle, inclinant la tête. Je n'ai jamais été au courant de ses relations politiques. Il était très mystérieux.

— Et comment ont réagi ses compagnons en apprenant qu'il abandonnait la lutte armée ?

— Je l'ignore. Il ne m'a jamais parlé de ses contacts avec le mouvement. Mais j'imagine que cela ne leur a pas plu du tout, répondit-elle en plaçant un CD de Carmen McRae dans un appareil dissimulé sous le lit.

Jelle retourna s'asseoir sur le tapis, adoptant aussitôt la position du lotus. Elle sortit ensuite un étui de cuir de sous son pull. Elle l'ouvrit et en tira une petite bourse de tabac et un cahier de feuilles de papier satiné. Ses doigts fins entreprirent de confectionner une cigarette.

Brulé opta pour l'alternative laissée aux sous-développés et il prit une Lucky Strike dans son paquet. Après quoi, péniblement mais stoïquement, il se rassit sur le tapis.

Il vaut mieux que je lui donne du feu, pensa le

détective, sinon elle va se mettre à frotter deux morceaux de bois.

Elle roulait avec habileté et concentration, comme si elle était seule au monde.

— Il faut favoriser la production artisanale de ce que nous consommons, souligna-t-elle après avoir donné un petit coup de langue à une extrémité de la cigarette, qui ressemblait plutôt à un joint. Dans ce pays, on s'efforce d'offrir aux hommes les moyens d'être autonomes et on se bat contre l'aliénation.

— À propos, dit Brulé en lui présentant la modeste flamme d'une allumette produite industriellement dans les Andes, vous êtes mariée ?

— Jamais de la vie ! se récria-t-elle, outrée. Pourquoi me demandez-vous ça ?

— À cause de l'alliance que vous portez à la main gauche.

Elle sourit, moqueuse, et aspira goulûment la première bouffée. Ça sent la paille, se dit Brulé, qui mourait d'envie de fumer le Lanceros qui l'attendait chez lui.

— C'est une bague, sans plus, expliqua-t-elle. Nous, les Allemands, nous portons l'alliance à la main droite, contrairement aux Chiliens.

— Je comprends.

Brulé s'aperçut que sa chaussette gauche était trouée à hauteur du gros orteil. Il essaya de le dissimuler discrètement avec l'autre pied. Par chance, Jelle était très occupée à vérifier la bonne facture de son œuvre.

— Cristián vous a-t-il dit où il avait vécu avant de venir en Allemagne ? demanda-t-il au bout d'un moment.

— Bien sûr, il était à Cuba, répondit-elle sans cesser de dorloter sa cigarette.

— À Cuba ? Et depuis quand ?

— Il avait vécu en Allemagne au début des années

quatre-vingt, avant de partir pour Cuba, où il a passé cinq ou six ans, jusqu'en 1988, date à laquelle il est revenu à Bonn.

— Et qu'a-t-il fait là-bas ?

— Ce n'est pas difficile à imaginer, répondit-elle en levant les bras, les yeux fermés. Il s'est préparé à mettre en œuvre son projet initial : une révolte populaire contre la dictature militaire.

Par conséquent, les affirmations de Carlos Kustermann n'étaient plus du tout fondées. Son fils était vraiment devenu un révolutionnaire, tournant le dos aux idéaux paternels. Oui, il avait trahi, comme l'affirmait le Dr Sommer.

— Pourriez-vous me fournir plus de détails ? insista Brulé.

Il se remit debout et jeta un coup d'œil par la fenêtre. En bas, il distingua les rails luisants qui filaient entre deux rues bordées de bouleaux décharnés.

— Je viens de vous le dire, souligna-t-elle d'un ton emphatique. Il est parti pour Cuba en 1982, disons. Moi, je ne le connaissais pas encore. Il est rentré cinq ans plus tard.

— Il ne vous a jamais parlé de la nature exacte de ses activités dans l'île ?

Elle secoua la tête, avant d'ajouter :

— Seul un Latino qui a vécu deux ans dans un pays comme celui-ci peut éprouver le besoin de se réfugier dans les Caraïbes sous-développées. Vous ne pouvez pas comprendre.

— Et pourquoi est-il retourné au Chili ?

— Je l'ignore, répondit Jelle Schwarzkopf en tirant sur sa cigarette. Il s'est dit qu'il avait trouvé une occupation avec sa pizzeria et il est parti.

Le détective traversa la pièce, remarquant quelques étagères remplies de livres de poche, de cassettes audio, de disques et d'artisanat chinois. Le tapis ne manquait pas de moelleux, enfin, quand on restait debout.

— Pourquoi ne l'avez-vous pas accompagné ? demanda-t-il.

— Et puis quoi encore ? se fâcha-t-elle. Vous me voyez en femme de cuisinier dans un pays du tiers-monde ?

Brulé joua un moment avec sa cigarette.

— Vous avez connu Silvio ? demanda-t-il.

— Silvio ? répéta-t-elle en fronçant les sourcils. Silvio, il l'a rencontré à Cuba.

— Vous l'avez connu, personnellement ?

— Jamais.

— Où est-il, aujourd'hui ? En Allemagne, à Cuba ou au Chili ?

Elle se passa l'index sur les lèvres, lança un regard vers la lampe et plissa les yeux.

— Je ne vous le dirais pas même si je le savais, répliqua-t-elle, une lueur méfiante dans le regard.

— Dans les notes de Cristián, on trouve plusieurs références à Silvio. L'une d'elles précise qu'il était au Chili...

— C'est bien possible. Moi, je ne l'ai jamais vu. Je sais qu'ils étaient amis, parce qu'il a appelé deux fois Cristián et parce que Cristián et Samuel Léniz parlaient parfois de lui.

Il préféra ne pas lui révéler que Léniz aussi était mort.

— En quels termes ?

— Je ne m'en souviens pas, dit-elle en consultant sa montre. Je faisais mon yoga quand ils se réunissaient.

Lorsqu'elle se remit debout, le détective s'immobilisa devant elle. Elle était plus grande que lui.

— Mais, en général, est-ce qu'ils semblaient bien s'entendre, Silvio et Cristián ?

Brusquement, la femme se dirigea vers la porte d'entrée. Elle attrapa le manteau de Brulé et un poncho de Temuco.

— J'ai un cours de macrobiotique et si je veux être à l'heure, je dois partir, expliqua-t-elle. Appelez-moi si vous voulez savoir autre chose sur Cristián, mais je crois vous avoir tout dit.

6

Le ronronnement des générateurs le réveilla à sept heures du matin. Dehors, sous la lumière des lampadaires, des paysans aidés de leurs robustes épouses installaient des étalages de fruits et légumes dans un concert de voix gutturales.

Il prit une douche et s'habilla. Il avait besoin d'un café serré et d'œufs frits. Il regarda sa montre. Au Chili, il était trois heures et demie du matin.

Il lui fallait parler avec Carlos Kustermann des conversations qu'il avait eues avec le Dr Sommer et Jelle Schwarzkopf.

Kustermann ne pouvait continuer à croire que son fils avait toujours partagé ses opinions politiques. La seule version du Dr Sommer suffisait à prouver le contraire. En outre, sa décision de s'installer en secret à La Havane laissait plus ou moins entendre que Cristián avait sympathisé avec la révolution cubaine.

Brulé descendit au rez-de-chaussée en empruntant la cage qui faisait office d'ascenseur et pénétra dans la petite salle à manger de l'hôtel. Il commanda au garçon du café et des croissants, mais il ne put le convaincre de lui préparer des œufs au plat. Le jeune homme, plus intéressé par son pansement que par ses desiderata, lui expliqua posément que les œufs au plat ne figuraient pas dans le menu du petit déjeuner. Par contre, il pouvait lui proposer tous les œufs durs de la création.

Ce gugusse et les œufs, ça fait deux, se dit le détective.

Défait dans cette petite escarmouche verbale, et inégale, à propos des œufs, le détective, résigné, s'installa à une table qui donnait sur la place du Marché. Perçant la couche de nuages, une clarté diffuse descendait maintenant sur la ville.

Il était urgent de téléphoner à Carlos Kustermann. S'il n'avait pas encore résolu l'affaire, il était en train de découvrir des facettes inconnues et contradictoires dans le caractère de Cristián. Il n'avait plus qu'à se fier à son instinct.

Les différentes phases de la vie de la victime formaient un puzzle dont les pièces étaient éparpillées entre les mains de personnes qui vivaient dans des villes et des pays différents, et lui-même était sans doute un des rares qui seraient capables de les emboîter et de révéler peu à peu toute la vérité sur l'existence de Cristián.

Il devait notamment établir les raisons justifiant les changements politiques radicaux de Cristián. Pourquoi l'ancien membre d'un syndicat étudiant de droite s'était-il transformé en révolutionnaire, probablement entraîné à Cuba, avant de se changer en cuisinier, comme l'affirmait avec mépris Jelle Schwarzkopf ? Qu'est-ce qui avait pu motiver de tels retournements et qui aurait pu lui en tenir rigueur, politiquement parlant ? À moins que cette métamorphose n'eût été qu'une simulation ?

Une idée terrible le fit soudain frémir : Cristián aurait pu être un agent de la police politique de Pinochet et ses pérégrinations dans les milieux révolutionnaires et dans les pays communistes faisaient partie d'un lent travail d'infiltration. Personne, en définitive, ne connaissait avec précision ses orientations politiques et la nature de ses activités. La vie de cet homme restait nimbée de mystère.

— Vous ne voulez pas d'œufs, finalement ?

C'était le garçon. Il lui apportait son café. Fort et dans une grande tasse. Brulé le sucra exagérément et le dégusta à petites gorgées, en tirant sur une cigarette. Dehors, le marché était maintenant installé et les camions, après avoir distribué leurs cargaisons, avaient quitté la Marktplatz.

Le fil des événements lui parut obéir à une certaine logique qui expliquait la mort de Cristián en termes généraux. La gauche, après avoir découvert sa véritable appartenance politique, avait décidé de le liquider.

Oui, mais quelqu'un aurait pris la peine de faire une déclaration publique. Pour l'exemple, comme il était d'usage.

Il renonça à cette interprétation.

Très bien. Mais comment dès lors expliquer qu'un homme si engagé plaque subitement tout ce qui était sa vie pour aller s'enterrer dans une pizzeria ? S'il avait gardé des contacts dans le monde politique, il aurait pu obtenir un emploi au ministère des Affaires étrangères ou au Secrétariat général du gouvernement. C'était un choix légitime et convenable pour se replacer dans le jeu démocratique, et d'autres n'y avaient pas manqué.

Brulé s'étonnait qu'après son virage vers des positions modérées il n'ait pas trouvé suffisamment de motivation pour s'inscrire dans un parti social-démocrate chilien. Cristián avait choisi l'isolement.

Il poussa un soupir. Une nouvelle journée était en train de naître et il se sentait vidé. Non, songea-t-il, il ne servait à rien de faire des suppositions. Pour commencer, il devait reconstituer le puzzle, mettre ses pas dans ceux de Cristián, parler avec les personnes qui l'avaient connu à l'étranger. Alors seulement — il n'en doutait pas — les raisons de son assassinat apparaîtraient en pleine lumière et il connaîtrait l'identité de son assassin.

Il estima prudent d'attendre qu'il soit au moins six heures du matin au Chili. Cela lui donnerait le temps de déambuler dans le centre-ville.

Il remonta dans sa chambre et chercha dans l'annuaire le numéro de *La Librería*. Le personnel se souviendrait probablement de Cristián s'il avait été un habitué des lieux.

7

Les vitrines des trois petites pièces de la librairie donnaient sur la Wolfstrasse, une rue commerçante étroite qui serpente dans le centre historique de Bonn. Derrière les façades datant du début du XXᵉ siècle vivaient des ouvriers turcs, espagnols ou italiens, des étudiants, des écologistes et des retraités allemands aux revenus modestes.

Altstadt est un quartier pittoresque, bien qu'un peu sale. Les restaurants, les marchands de légumes et les magasins fleurant bon les épices lui donnent un air méditerranéen. Mais, à cette heure, les rues dormaient encore sous une mince couche de neige.

Cayetano Brulé franchit la porte de verre, ce qui mit en branle une clochette, et se retrouva devant une femme maigre, aux cheveux courts, qui lui rendit son bonjour sans cesser de classer des documents sur son bureau.

L'endroit était bien chauffé, sentait le papier et l'encre fraîche, et était plongé dans le silence. Brulé se glissa vers le fond de la boutique, jetant un regard aux tomes rangés sur des étagères de bois. Dans la troisième pièce, où l'on pouvait consulter des publications étalées sur une grande table, des affiches jaunies annonçaient des lectures d'auteurs sud-américains.

— Vous cherchez quelque chose en particulier? demanda la femme dans son dos.

Son espagnol était irréprochable. Elle avait de grands yeux, le visage large et maigre, couvert d'innombrables taches de rousseur.

— En fait, je ne cherche pas des livres, dit Brulé avec un demi-sourire, mais un Sud-Américain que vous connaissez.

— De qui s'agit-il?

— De Cristián Kustermann.

Elle plissa les yeux, comme si elle réfléchissait.

— Le Chilien qui vivait à Bonn?

— Exact. C'était un bon client?

Elle considéra Brulé des pieds à la tête.

— Je l'ai rencontré au Chili, expliqua celui-ci, et on m'a dit que vous pourriez me donner de ses nouvelles... Vous l'avez connu?

— Il achetait beaucoup de livres d'occasion. Comme ceux-là, qui sont soldés, précisa-t-elle en désignant une étagère au fond de la pièce.

— Ce n'est pas moi qui le lui reprocherais, répondit le détective en s'avançant vers l'étagère. Je fais de même au Chili, vu le prix des livres.

— Cristián, je crois qu'il est rentré au Chili il y a environ deux ans, poursuivit la femme. Mais il avait une petite amie qui pourrait vous renseigner. Elle s'appelle Schwarzkopf.

Brulé lui tournait le dos, feuilletant les livres usagés, en majorité des romans policiers et de vieux ouvrages de sociologie, et quelques monographies sur des pays d'Amérique du Sud.

— J'ai parlé à Jelle, mais elle dit qu'il est parti. Sans doute à Cuba, mentit le détective en remettant sur l'étagère un livre de Theotonio dos Santos. Est-ce que vous connaîtriez quelqu'un à Cuba qui pourrait m'aider à le retrouver?

— Et Mlle Schwarzkopf ignore où il demeure?

C'est bizarre ! fit-elle remarquer avec un claquement de langue.

Il la sentit devenir soupçonneuse. Son regard était méfiant et elle s'était appuyée contre la table. Ses mains fines jouaient avec la couverture d'un dictionnaire.

— Je dois le trouver, expliqua le détective en affichant un air nostalgique. J'étais son moniteur de sport à l'université de Valparaíso.

La conversation fut interrompue par la clochette de la porte. Ils guettèrent l'entrée du nouveau venu dans la pièce où ils parlaient.

— Salut, Angela ! lança un jeune blond tout excité en franchissant le seuil.

Il était hors d'haleine car probablement venu à vélo. Très grand et costaud, il avait gardé un visage d'enfant. Il portait un pull à grosses mailles, très lâche, qui lui couvrait les genoux, un jean délavé et des bottes militaires.

— Je vous présente Rüdiger, mon assistant, dit la femme à l'adresse de Brulé. Il pourra peut-être vous aider.

La main glacée du géant étreignit celle du détective. Au-dessus de lui, le visage n'avait pas perdu son sourire angélique.

— Comment ça va ? Je m'appelle Cayetano et je cherche des renseignements qui me permettraient de retrouver Cristián Kustermann. Il paraît qu'il est allé à Cuba.

Le géant cessa de sourire, jeta un bref regard à la femme, et répondit :

— Ça fait un an et demi, deux ans qu'il a quitté l'Allemagne. Je le croyais au Chili.

Il ne parlait pas aussi bien l'espagnol que la gérante, qui avait l'accent colombien, mais il s'exprimait avec assurance.

— Vous ne connaîtriez personne qui pourrait m'aider à le localiser ?

Le grand gaillard se passa l'index sur les lèvres.

— Quel dommage ! Vous seriez venu une semaine plus tôt...

— Pourquoi ? l'interrompit la libraire, qui jusqu'alors s'était contentée de suivre la conversation.

— Tu te souviens de Victorio Triana, le correspondant à Bonn de Prensa Latina ? demanda Rüdiger à la femme.

Elle acquiesça.

— Il est rentré définitivement à Cuba voici une semaine et, avant son départ, il est venu nous vendre une caisse de vieux bouquins. Il y en avait plusieurs au nom de Cristián.

— Comment les avait-il obtenus ? demanda Brulé avant de glisser une main dans son manteau pour en extraire son paquet de cigarettes.

La gérante lui lança un regard sévère et secoua la tête. Brulé remit son paquet dans sa poche.

— C'est ce que je lui ai demandé et il m'a dit que Cristián les lui avait offerts avant de partir.

— Ils étaient amis ?

— J'imagine, dit Rüdiger, aimable. Personne n'offre autant de livres à un inconnu, ça fait beaucoup d'argent.

Le géant passa devant Brulé et fouilla un moment sur l'étagère des livres d'occasion. Il en sortit *Contre toute espérance*, d'Armando Valladares, ainsi que *La Mauvaise Mémoire* de Heberto Padilla[1]. Il les dépoussiéra — ce dont profita le crâne dégarni de Brulé — et dit :

— Voilà. Cristián inscrivait son nom sur la première page, en haut. Vous voyez ?

Il le lui montra. Ce pouvait être son écriture, estima Brulé en prenant le livre pour le feuilleter.

— Si vous cherchez sur l'étagère ou dans la

1. Deux auteurs contemporains interdits à Cuba. *(N.d.T.)*

réserve, vous en trouverez d'autres, ajouta Rüdiger. Il y en avait une trentaine et je ne pense pas qu'on en ait vendu depuis une semaine. Nous n'avons pas fini de les classer. Il y a toujours son nom sur la première page. C'est dommage, ça leur fait perdre de la valeur.

— Et qui a succédé à Triana ? demanda Brulé.

— Je l'ignore.

— Alors comment puis-je dénicher le nouveau correspondant ?

— Les bureaux de Prensa Latina sont à Tulpenfeld, le quartier administratif, près du Parlement fédéral, expliqua Rüdiger. Vous pouvez aussi tenter le coup à l'ambassade cubaine, sur la Kennedyallee, ce n'est pas très loin d'ici.

8

Cayetano Brulé arriva devant le bureau du correspondant de Prensa Latina vers une heure de l'après-midi, au troisième étage d'un complexe de bâtiments en verre et acier tristounets qui en comptaient quatre.

Il frappa plusieurs fois sans obtenir de réponse. Le couloir, qui comportait de nombreuses portes toutes semblables, était désert. Un néon clignotant diffusait une pauvre lumière.

— Il n'y a personne, lança soudain en allemand une voix dans son dos.

Elle appartenait à un chauve à la peau sombre, portant un petit bouc, qui l'observait du fond du couloir avec ses petits yeux de reptile.

Ce doit être le concierge, se dit le détective.

— Vous ne trouverez personne à cet étage, sauf moi. C'est férié aujourd'hui pour les collègues, précisa le concierge.

— Je cherche Triana, le correspondant de Prensa Latina, répondit Brulé.

— Tout ce qui reste de Prensa Latina, c'est ce panonceau défraîchi que vous voyez sur la porte, dit l'homme d'un ton coupant. Et s'il est là, c'est qu'on a oublié de l'enlever.

L'écho de sa voix résonna avec autorité dans le couloir.

Brulé se dirigea vers le concierge. Plutôt corpulent, il était beaucoup moins grand de près que de loin. Il sentait la cardamome et portait un costume de cachemire gris perle un peu trop ample.

— Je m'appelle Brulé et j'arrive du Chili. Vous êtes sud-américain ? demanda le détective.

Il fut frappé par la ressemblance de l'homme avec Walter Ulbricht[1] — en plus foncé.

Le concierge secoua la tête avec un sourire sardonique et caressa son bouc. Dans la main droite, il tenait un Bic qu'il tapotait avec insistance contre le mur.

— Ramesh Ravindrath, journaliste pakistanais et président d'un forum international indépendant, expliqua l'homme en baissant lentement les paupières. Vous êtes cordialement invité à assister à notre réunion de lundi prochain.

Brulé le remercia et voulut bredouiller quelques paroles pour décliner l'offre, mais le Pakistanais l'interrompit :

— Elle aura lieu à dix-huit heures, à la cantine du syndicat des chemins de fer. Ma causerie portera sur le soutien que le gouvernement de Bonn devrait donner aux forums internationaux indépendants qui se tiennent dans la ville.

— Intéressant, parvint à dire le détective.

Mais l'autre poursuivit, implacable :

— Vous y trouverez de l'eau minérale et des frites. Voici votre carton d'invitation. Ne le perdez surtout pas.

Brulé reçut une enveloppe blanche, cachetée, sur laquelle ne manquait que le nom du destinataire. Il

1. Walter Ulbricht (1893-1973), premier secrétaire du Parti communiste d'Allemagne de l'Est (1950 à 1970), puis chef de l'État et président du Conseil. *(N.d.T.)*

remercia encore le Pakistanais et lui répondit par un mensonge.

— Malheureusement, je quitte l'Allemagne aujourd'hui et j'ai besoin de parler à M. Triana.

Le Pakistanais l'enveloppa d'un regard désappointé. Son bouc tremblota. Il réfléchit un moment, sans cesser de tapoter son Bic contre le mur, et dit :

— M. Triana a fermé son bureau et est rentré à Cuba il y a une semaine. Prensa Latina n'a plus de correspondant à Bonn.

— Il n'y a personne de Prensa Latina avec qui je pourrais parler ?

— Je suis le seul journaliste qui travaille en ce jour férié, dans tout le bâtiment et probablement dans toute la ville.

— Qu'est-il arrivé à Prensa Latina ?

— Le socialisme réel est mort, entraînant la disparition de ses agences d'information, déclara-t-il d'un air entendu, sans dissimuler son désir d'en finir avec cette conversation après l'affront qu'il avait subi.

— Et comment puis-je trouver Triana ?

— Par l'intermédiaire de l'ambassade cubaine à Bonn, j'imagine, ou directement en contactant Prensa Latina à La Havane.

Brulé haussa les épaules, remercia encore une fois le Pakistanais et revint sur ses pas, en direction de l'ascenseur.

La voix de l'homme lui parvint du bout du couloir.

— Des Cubains, vous en trouverez à l'ambassade, qui n'est pas loin d'ici. Évidemment, les ambassades sont fermées à cette heure. Je suis le seul journaliste qui travaille encore dans toute la ville, insista-t-il.

— Merci, répéta Brulé en levant la main sans se retourner.

— Il n'y a pas âme qui vive dans ce quartier, reprit la voix. Seule résonne à cette heure la frappe solitaire de ma machine à écrire.

Brulé sortit sur une esplanade enneigée, cernée par des bâtiments. Un vent froid soufflait.

— Et n'oubliez pas la réunion de lundi, crut-il entendre quelque part.

Il traversa l'esplanade, essayant de ne pas glisser sur la neige gelée. Ses pieds humides étaient glacés et il se réfugia dans la station de métro Heussallee, immaculée comme une pharmacie et aussi déserte qu'une banque un dimanche. Il s'assit pour attendre la rame.

Ce n'est pas une bonne idée de se précipiter à l'ambassade, se dit-il. Comment justifier son besoin de parler à Triana sans éveiller les soupçons de la police de Castro ?

La suggestion du Pakistanais n'était pas saugrenue. Plutôt que d'aller à l'ambassade, il valait peut-être mieux chercher Triana au siège même de Prensa Latina. La conversation qu'il aurait avec le journaliste cubain pouvait se révéler de première importance.

Triana et Cristián avaient maintenu des liens de confiance. Cristián lui avait procuré des livres interdits à Cuba, livres que le journaliste n'avait pas osé emporter dans sa patrie par crainte des représailles, ce qui expliquait son empressement à s'en débarrasser.

La rame arriva, vide. Dans un quart d'heure il serait à son hôtel et téléphonerait à Carlos Kustermann.

9

Il téléphona à cinq heures de l'après-midi à Carlos Kustermann. Il était une heure à Viña del Mar. Une domestique l'informa que son patron ne serait pas de retour avant la nuit. Il effectuait des démarches à Santiago.

Il ne me reste plus qu'à attendre le matin — heure allemande —, calcula le détective, déçu.

Il déboucha une Kölsch, s'assit au bureau installé devant la fenêtre qui donnait sur la Marktplatz et se mit à classer ses notes.

En bas, la ville était très animée. Comme les commerces fermaient à six heures et demie, en fin de journée l'atmosphère dans les rues devenait tendue et agressive. Brulé eut la nostalgie de son bout de jardin dominant Valparaíso et de la brise marine qui lui apportait l'écho du mouvement des grues.

La sonnerie du téléphone le fit sursauter.

C'était Jelle.

— J'ai trouvé quelque chose qui peut vous intéresser, dit-elle d'un ton de conspirateur. Le numéro de téléphone de l'entreprise dans laquelle travaillait Silvio à Berlin. Il date d'avant la réunification du pays.

— Dites-le-moi, je note.

— L'entreprise s'appelle VEB Importex.

— Que fait-elle ?

— Je ne sais pas. J'ai aussi le numéro de téléphone de la maison de Silvio, ajouta-t-elle, pleine d'enthousiasme.

— Et son nom de famille ?

— Je ne l'ai jamais su. Ce sont des renseignements que j'avais notés dans mon agenda, machinalement, expliqua-t-elle, inquiète. Je n'ai jamais vu Silvio.

Elle lui dicta les numéros et raccrocha. Elle devait assister à une conférence traitant des rapports entre l'écologie et l'épanouissement personnel.

Brulé entra immédiatement en contact avec l'entreprise berlinoise. Une voix féminine répondit et il s'exprima en anglais.

Le numéro était correct, mais la femme l'informa que l'entreprise avait fait faillite depuis un an et qu'une agence de voyages l'avait remplacée, dans les mêmes locaux.

— Et nous n'avons rien à voir avec l'ex-Parti socialiste unifié d'Allemagne de l'Est, tint-elle à souligner.

Le détective essaya alors le numéro du domicile de Silvio.

Une autre femme répondit. À entendre sa voix éraillée, elle devait être âgée. En mauvais anglais, elle parvint à lui expliquer qu'elle vivait là depuis vingt mois et qu'elle n'avait pas connu le locataire précédent.

— Évidemment, la salle de bains et la cuisine étaient dans un état lamentable, comme seuls peuvent les laisser des étrangers, gémit-elle avant de raccrocher.

La piste de Silvio s'arrêtait donc ici en Allemagne, songea Brulé, mais l'important était désormais de savoir où il vivait maintenant. Et c'était un tout autre problème.

Il retourna à ses notes et à sa bière. Elle était acide et forte, mais, à cause du chauffage, elle avait tiédi.

Il pouvait maintenant s'imaginer la surprise de Cristián lors de sa première rencontre avec Silvio au Chili.

Il comprenait en partie pourquoi il l'avait soulignée dans son agenda. Cristián le croyait en Allemagne ou à Cuba, pas au Chili. L'événement avait été des plus inattendus.

Oui, il s'agissait certainement d'une rencontre fortuite. Dans le cas contraire, l'annotation aurait été rédigée différemment. Tout au plus aurait-il écrit : « Rendez-vous avec Silvio. » Cependant, cela révélait que Silvio n'avait pas averti son ami — il était clair qu'une amitié avait existé entre eux — de sa présence au Chili. Pourquoi ? Pourquoi Silvio avait-il choisi d'opérer dans le pays sans en informer au préalable son ami ? Avaient-ils rompu leurs relations antérieures ?

En simplifiant les choses, il n'y voyait qu'une seule explication : Silvio se consacrait à une activité qu'il préférait taire à Cristián. Peut-être que leurs opinions divergeaient à ce propos, mais on pouvait aussi envisager d'autres raisons — par exemple que les agissements de Silvio tombaient sous le coup de la loi.

Il émit un grognement et termina sa bière. Il essaierait plus tard de contacter Carlos Kustermann.

10

Ce soir-là, Cayetano Brulé décida de ne pas ressortir. Il n'avait pas le courage d'affronter une nouvelle fois le froid, l'obscurité et la solitude de Bonn. L'Allemagne était restée telle qu'il l'avait connue quand il stationnait dans la base aérienne de Rhein-Main, dans les environs de Francfort : impénétrable et humide.

Il commanda une tranche de jambon, deux bières et une tarte aux fraises à la chantilly. Il laissa la porte entrouverte, fit couler l'eau chaude dans la baignoire et se dévêtit.

Il allait en profiter pour planifier ses prochaines démarches. Il lui faudrait convaincre Carlos Kustermann de la pertinence de son voyage à Cuba. Brulé ne pensait pas qu'il s'y opposerait pour des raisons financières.

Son séjour en Allemagne serait plus court que prévu et ses dépenses à La Havane inférieures à ce qu'il lui en aurait coûté de demeurer dans l'hôtel qu'il occupait actuellement. En outre, il pourrait rentrer à Santiago en faisant endosser son billet retour via La Havane.

Une fois la baignoire pleine et à bonne température, il ramassa les quotidiens du jour sur le tapis, prit une petite bouteille de whisky dans le mini-bar et retourna dans la salle de bains. Il ôta son pansement et appliqua un onguent sur la cicatrice. Puis il se laissa lentement glisser dans le bain. Il aimait ce sentiment de volupté qu'on éprouve en restant plongé dans l'eau chaude, immobile, silencieux, écoutant les battements de son cœur.

Il déboucha la bouteille et but une bonne rasade. Tirant le rideau, il vida un flacon de bain moussant. L'eau se colora en bleu, exhalant des senteurs de violette. Son voyage avait donné de bons résultats. Quelques heures lui avaient suffi pour retrouver plusieurs personnes qui connaissaient Cristián et qui l'avaient aidé à mettre à leur place diverses pièces du puzzle.

Pour l'heure, il était fou de joie à l'idée de revoir La Havane. Il n'y avait plus été depuis le début des années quatre-vingt, quand le gouvernement cubain avait brusquement interdit aux membres de la communauté exilée de s'y rendre. La présence des Cubains de Miami, du Mexique ou du Venezuela avait nui à l'image du régime qui, jusqu'alors, avait toujours présenté les exilés comme des citoyens de seconde zone dans leurs pays d'accueil.

Le garçon poussa doucement la porte et s'immobilisa sur le seuil de la salle de bains.

— Laissez tout sur le bureau, le pria Brulé derrière le rideau de la baignoire.

Jetant un coup d'œil par un interstice, il s'aperçut alors qu'il ne s'agissait pas du garçon mais d'un type au visage dissimulé qui s'avançait vers lui. Il voulut se relever mais l'homme réagit avec la soudaineté d'un puma. Déjà ses mains gantées l'avaient saisi à la gorge.

Une fois encore il voulut se redresser, mais ses pieds glissèrent sur le fond lisse de la baignoire et, plantées dans sa chair, les mains de l'homme enfoncèrent lentement sa tête dans l'eau. Arc-bouté, les pieds contre l'extrémité de la baignoire, Brulé essaya de maintenir au moins une partie du visage hors de l'eau. En vain. Il avala une gorgée d'eau tiède et savonneuse et entendit la bouteille de whisky se fracasser sur le carrelage.

Il fut pris de nausée et toussa, ce qui dut lui faire perdre de sa détermination, car les mains enfoncèrent avec plus de facilité sa tête dans le liquide. Renonçant à se raccrocher aux rebords de la baignoire, il tenta de s'agripper aux bras de l'homme.

Il se mit à frapper du pied le fond de la baignoire mais l'eau étouffait le bruit et autour du cou les tenailles humaines continuaient à l'enserrer. Son visage était maintenant complètement immergé. Il ne devait plus compter que sur la dernière goulée d'air qu'il avait aspirée. Ses doigts lâchèrent les bras musculeux de son agresseur et tentèrent de saisir le cordon de l'alarme qui pendait un peu plus haut. Soudain, il effleura quelque chose et, comprenant qu'il était tout près de l'attraper, il referma plusieurs fois la main.

C'est alors qu'il sentit qu'il allait vomir et il ouvrit la bouche, voulant se libérer ou aspirer un peu d'air, difficile de le savoir, quand un liquide tiède monta soudain de son ventre, un bouillonnement accompagné de nausées dans l'estomac et de crampes aux mollets, mais il ne put vomir, la pression de l'eau qui envahissait sa bouche, ses narines et ses oreilles y faisant barrage.

Penché au-dessus de la baignoire, l'homme continuait à appuyer sur le cou de Brulé, posément, avec la calme détermination du type qui connaît son boulot. Prisonnier de cette poigne de fer, le détective devina que ces mains ne doutaient ni ne tremblaient. C'étaient celles d'un tueur professionnel qui savait pouvoir compter sur la fatigue de sa victime. Il viendrait un moment où elle cesserait de résister et, immergée dans le bain tiède, elle se remplirait d'eau et se mêlerait au courant chaud, d'un bleu turquoise, qui baigne les plages immaculées du golfe de Varadero...

11

Après avoir passé trois jours à l'hôpital Johanniter, dont le bâtiment, qui ressemblait à celui d'une société financière, dominait depuis une colline verte la magnifique vallée du Rhin, Cayetano Brulé réintégra son petit hôtel en compagnie de Schimanski, un inspecteur de la brigade criminelle de Bonn. C'était un homme corpulent, aux manières rudes, aux grands yeux verts, qui se méfiait de tout, et plus particulièrement du détective.

— Si les touristes sud-américains sont rares par chez nous, les détectives latinos qui jouent les touristes sont inconnus, lui fit remarquer Schimanski en anglais, avec une logique teutonne implacable.

Association inquiétante, se dit Brulé.

Cette tentative ratée d'homicide avait assombri son horizon. Pour l'instant, il était entre les mains des médecins et de la police, et le ministère public de Bonn avait ouvert une enquête.

Au cours de ses interrogatoires, il avait affirmé tout ignorer de l'identité de ceux qui auraient voulu l'assassiner. Il jura qu'il ne se connaissait pas d'ennemis et laissa entendre qu'il s'agissait d'un acte raciste. Pour les autorités, cette version ressemblait un peu trop à une dépêche d'agence de presse étrangère.

— Sans le garçon, le coupa l'inspecteur alors qu'ils

discutaient à la réception, à cette heure vous seriez confortablement installé dans un avion de la Lufthansa en route pour le Chili, dans une soute réfrigérée, j'entends.

Ils quittèrent la réception, franchirent une lourde porte et entrèrent dans un bistrot plongé dans la pénombre. Cela sentait le tabac, l'humidité et la transpiration. Une fois installés au bout du comptoir, ils commandèrent deux Kölsch à un barman qui avait des allures d'universitaire. Tandis qu'ils patientaient, le garçon ayant été absorbé par les ténèbres, Brulé offrit à l'inspecteur une cigarette de son dernier paquet de Lucky Strike.

— Voyons si elles valent les allemandes, dit Schimanski, et il en prit deux.

Émergeant de l'obscurité, le garçon déposa avec une brutalité peu académique deux énormes chopes sur le comptoir et s'éclipsa. La mousse qui descendait lentement le long des parois de verre tranquillisa Brulé.

— À la vôtre, collègue, dit Schimanski en soulevant sa chope comme s'il s'agissait d'un vulgaire dé à coudre.

L'endroit était à peu près désert, hormis deux silhouettes qui chuchotaient à une table, devant une bouteille de vin et une d'eau minérale.

— Vous les connaissez ? demanda Schimanski, en les désignant.

La porte du bar s'ouvrit et un rayon de lumière tomba fugitivement sur le couple.

Il s'agissait d'un vieillard aux cheveux frisés et à la barbe drue, vêtu d'un costume à larges revers, au col décoré d'un galon très chic. Il parlait en dorlotant amoureusement un verre de vin blanc. Celui qui écoutait était un jeune au profil romain, au menton fuyant, au corps athlétique, en veste militaire vert olive.

— Jamais vus de ma vie, avoua Brulé.

— Ça fait partie de mon travail, expliqua

Schimanski avec des airs mystérieux avant de s'allumer une cigarette.

— Vous les espionnez ?

— Je les tiens à l'œil. Le vieux est un théoricien de la révolution sociale. Il a fait ses études à l'université de Bonn, il y a très longtemps, et il vit maintenant de l'aide sociale et d'articles qu'il écrit pour des journaux de la région et grâce à un ami, un homme d'affaires de Manchester.

— Et que cherche-t-il ?

— Le pouvoir.

— Et celui en uniforme ?

— Un type des Caraïbes. Fils d'un grand propriétaire qui est dans la canne à sucre. Ils passent des heures à discuter. Celui-là, il veut rattraper l'histoire.

— Ils sont dangereux ?

— Tant qu'ils en restent à la théorie, je ne crois pas.

— Je vous jure que je ne les avais jamais vus.

Chacun paya sa bière et ils retrouvèrent les lumières de la réception. Brulé demanda sa clef et ils attendirent l'ascenseur.

— Bon, arrêtez vos salades ! lui ordonna Schimanski, abandonnant son ton familier une fois dans la chambre. Pourquoi êtes-vous en Allemagne ?

— Pour visiter, même si vous ne le croyez pas, s'entêta Brulé.

— Pas de ça avec moi. À Miami, on assassine des touristes, pas ici, répliqua l'inspecteur en sortant un mouchoir gigantesque de son pantalon.

— Quelqu'un n'aura sans doute pas aimé ma dégaine d'Arabe ou aura cru que j'avais beaucoup d'argent dans ma chambre.

— Ne vous faites pas d'illusions, collègue, le reprit Schimanski avant de se moucher sans le regarder. Personne dans ce pays ne va s'imaginer qu'un type du tiers-monde a de l'argent. Même pas les voyous.

— Vous vous trompez, Schimanski, il ne faut pas se fier aux apparences, répondit Brulé.

Il devait se redonner une contenance, entreprise très malaisée au vu du gros pansement qu'il arborait toujours sur l'arcade sourcilière. Et, en fin de compte, cela ne servit à rien. Le fonctionnaire ne l'écoutait pas.

Il jeta un regard vers la place. Une foule en manteau se pressait sur le marché en cette belle matinée où tout semblait clair et bien défini, hormis sa situation.

— Et si un inspecteur allemand n'a pas les moyens de passer des vacances à Rio, poursuivit l'inspecteur, chose que je devrai certainement évoquer lors de la prochaine réunion plénière du syndicat, c'est encore plus difficile pour un privé mexicain de venir en Allemagne.

— Chilien, rectifia Brulé.

— C'est différent mais ça revient au même, rétorqua le policier.

Brulé eut peur de se retrouver dans une situation pire vis-à-vis des autorités, car l'humeur de Schimanski n'annonçait rien de bon.

En outre, la police avait prévenu l'ambassade du Chili de la tentative d'assassinat, dans l'espoir qu'une instance officielle solvable prendrait en charge ses frais d'hospitalisation. Mais les voies de la diplomatie sont toujours tortueuses et, pour l'instant, il n'y avait pas eu le moindre écho de ce côté-là.

— Après ce qui m'est arrivé, il ne me reste qu'à quitter le pays dans les plus brefs délais, avoua Brulé à son collègue tout en cherchant du linge de corps propre dans sa valise.

— Le plus probable est que l'assassin essaiera encore de vous liquider, mais espérons qu'alors vous serez hors de notre secteur, lâcha Schimanski en repliant son mouchoir avec le savoir-faire d'une vendeuse de jupons. Je n'aime pas les affaires que je ne comprends pas.

— Ne vous inquiétez pas, après tous ces événements, je vais prendre un avion.

— Mais avant, je vous suggère de passer au Johanniter. Vous y trouverez une facture particulièrement salée, en marks.

12

À midi, après le départ de Schimanski, Cayetano Brulé s'examina longuement dans la glace. Non qu'il fût saisi d'un accès de masochisme, mais il voulait prendre le temps de se faire une idée de son apparence. Si la coupure sur l'arcade sourcilière était en bonne voie de cicatrisation, la vision du pansement lui était insupportable et il risquait d'éveiller la suspicion chez n'importe qui. Mais qu'y pouvait-il ? Quant à sa dent cassée, il était évident qu'elle ne repousserait pas.

On dit que les lions meurent de faim après avoir perdu leurs canines, se consola-t-il en jetant un coup d'œil de biais à sa calvitie. Il lui sembla qu'elle se développait plus rapidement dans le climat froid de Bonn.

Comme si cela ne suffisait pas, ses articulations étaient encore douloureuses, ainsi que ses côtes et surtout le plexus solaire, partie de son corps contre laquelle ses agresseurs de Valparaíso s'étaient particulièrement acharnés. Il sommeilla quelques heures pour oublier ses tracas.

Ensuite, il téléphona à Carlos Kustermann. Au Chili, il était une heure et demie de l'après-midi.

— J'ai quelque chose à vous dire, commença-t-il sans tourner autour du pot. J'ai découvert des pistes qui conduisent à Cuba.

Il y eut un silence prolongé à l'autre bout du fil.

— Vous saviez que votre fils a vécu plusieurs années à Cuba ?

— Cuba ?

— Oui, Cuba.

— Qu'est-ce qu'il y faisait ?

— Il y a habité de 1982 à 1988. Autrement dit, pendant que vous le croyiez en Allemagne, il était dans les Caraïbes.

— Qu'est-ce qu'il y faisait ? insista la voix.

— J'ignore pourquoi il s'y est rendu. Peut-être pour suivre des études.

— À Cuba ?

— Oui.

Il devina que Carlos Kustermann avait mis sa main sur l'écouteur. Il essayait d'expliquer quelque chose, d'un ton peu amène. Une femme, la sienne sans doute, lui posait avec insistance des questions que Brulé ne parvint pas à comprendre tandis que l'homme d'affaires répondait par monosyllabes.

La voix de son interlocuteur redevint tout à fait audible.

— Qu'est-ce qu'on peut bien suivre comme études, là-bas ?

— C'est exactement ce que je veux aller vérifier.

Silence.

— Je dois m'y rendre, continua Brulé. Je crois que nous y trouverons la clef de tout ce qui s'est passé.

Le couple s'était remis à discuter.

— Est-ce que vous n'auriez pas envie de vous offrir un petit voyage à mes frais dans votre patrie ? demanda enfin Kustermann, irrité.

— Si vous le pensez, je rentre au Chili dès demain. Mon enquête s'arrêtera à mi-chemin. Ce serait un beau gâchis.

— Peut-être que vous avez raison. Un moment.

Il consulta encore une fois son épouse.

— Dites-moi, est-ce que cela a un rapport avec la politique ?

— Quoi donc ?

— Le séjour de Cristián à Cuba. Ça a un rapport avec la politique ?

— Je n'en sais rien, mais la situation est délicate.

Nouveau silence.

— Écoutez, monsieur Kustermann : il y a quelques jours, un cinglé a tenté de m'assassiner. Quelqu'un ne veut pas que je continue à avancer dans mon enquête, ce qui prouve que je suis sur la bonne voie.

— Est-ce que ça a un rapport avec la politique ? répéta la voix, inquiète.

— Quoi ?

— Le voyage de Cristián.

— Ça, vous devriez le savoir mieux que moi, répondit Brulé.

Silence, encore. Maintenant, il y avait de l'écho sur la ligne.

— Je ne comprends pas, protesta la voix, très maîtrisée cette fois.

— Peu importe. Je vais partir pour Cuba. Ne vous souciez pas de la question financière, mes frais ne dépasseront pas la somme prévue.

— Dans ce cas, allez-y. Vos frais sont moindres que prévu ?

— Largement.

— Et vous, ça va ? demanda la voix, s'efforçant soudain d'adopter un ton chaleureux.

— Maintenant, oui. Mais j'ai besoin de votre aide.

— Comment cela ?

— J'ai besoin que vous préveniez un de vos compatriotes, quelqu'un d'important, que j'arriverai cette semaine.

— Qu'est-ce que vous entendez par des compatriotes importants ?

— Ceux qui ont investi sur place. Il faudrait qu'un de leurs représentants vienne me chercher à l'aéroport.

— Quand pensez-vous être à La Havane ?

— Je vous le confirmerai d'ici deux heures. Mais il faut que vous préveniez un de vos compatriotes. C'est important pour ma sécurité.

— D'accord. Mais vous allez bien ?

— Dans la mesure du possible, oui.

— Tant mieux, Brulé. Mais moi aussi j'ai quelque chose à vous demander.

— Je vous écoute.

— Ne m'appelez plus à des heures pareilles, vous nous avez complètement coupé l'appétit.

Brulé raccrocha.

L'idée ne lui plaisait guère, mais il sortit sur la place. Les rues étaient bondées et les passants se hâtaient avant la fermeture des magasins, ponctuelle et implacable. Il faisait froid, mais il ne neigeait pas et le ciel ressemblait à un matelas grisâtre. Louvoyant entre les passants, il traversa les pavés réguliers de la Marktplatz, en direction de la Münsterplatz, et entra dans un supermarché Hertie.

Le jour de son arrivée, il avait découvert au rez-de-chaussée des affiches alléchantes qui proposaient des voyages à Cuba à des prix modiques. Sans plus se poser de questions, il acheta un aller pour le lendemain et réserva une chambre au *Riviera*, à La Havane. Il partit ensuite vers la gare et, dès qu'il y arriva, il se sentit mieux. Il acheta un quotidien espagnol et en profita pour faire provision de Lucky Strike. Puis il retrouva la température clémente de son hôtel.

Dans un coin mal éclairé de la réception, il aperçut un homme au manteau boutonné, au col relevé, portant un chapeau rabattu sur les yeux, à la Humphrey Bogart. Il faisait mine de lire un journal. Sans aucun doute un collègue de Schimanski, se dit Brulé, et il demanda sa clef.

III

1

Un Iliouchine 62-M de Cubana de Aviación décolle tous les dimanches de l'aéroport Cologne-Bonn à destination de La Havane. Le vol charter, qui part à 13 h 55, rempli de touristes européens, effectue une escale technique à Gander, au Canada, dont profitent de nombreux Cubains pour filer aux États-Unis demander l'asile politique.

Le vieil appareil russe ne parvient pas à destination sans escale à cause de sa trop grande consommation de kérosène. Cependant, cet avion est capable de relier d'un seul jet La Havane à l'aéroport de Cologne-Bonn grâce aux vents qui soufflent d'ouest en est.

Cayetano Brulé avait placé son manteau encore humide dans le porte-bagages en espérant ne plus avoir à s'en servir. Il pensait demeurer à La Havane le temps qu'il faudrait pour compléter le puzzle que constituait l'existence de Cristián, avant de rentrer à Santiago.

Le forfait acheté chez Hertie comprenait un aller-retour ainsi que deux semaines en demi-pension à l'hôtel *Riviera*. C'était un délai raisonnable pour espérer progresser dans son enquête et revenir au Chili avec des résultats probants.

L'Iliouchine atterrit sur la piste de l'aéroport José Martí au moment où le soleil se hâtait de disparaître dans les eaux des Caraïbes. Déjà, l'île apparaissait moins verte et l'atmosphère, chaude et lourde, fraîchissait.

Trente minutes plus tard, Brulé se retrouva à la sortie de l'aéroport, pris dans un brouhaha carnavalesque de Cubains venus accueillir des exilés. Il espérait qu'un représentant des investisseurs chiliens viendrait le chercher.

Au bout d'une heure, il décida de louer une VW pour se rendre par ses propres moyens à son hôtel. Pendant qu'il patientait, il entendit sur Radio Rebelde la retransmission d'un discours prononcé l'année précédente par le commandant en chef, ce qui eut pour effet de le transformer en spécialiste de l'horticulture familiale. Puis il s'engagea sur la route de Rancho Boyeros, qui relie l'aéroport à la capitale. Évitant les nids-de-poule et soucieux de ne pas déraper sur le goudron encore tiède des rues de la capitale, il passa devant la place de la Révolution et le gigantesque portrait de Che Guevara peint sur la façade du ministère de l'Intérieur. L'immense surface pavée était plongée dans le noir et, de sa voiture, il ne put distinguer que les gardes surveillant la colonne élevée en hommage à José Martí.

Il arriva ensuite dans le quartier du Vedado, noyé dans l'obscurité. De-ci, de-là, il remarqua de petits groupes qui se dissimulaient sous les branches touffues des fromagers, des jacarandas et des flamboyants. Derrière leurs balcons, d'autres frappaient dans leurs mains et chantaient au rythme des congas, lançant des mots d'ordre qui lui étaient incompréhensibles. Tout illuminé au milieu des ténèbres, l'hôtel *Riviera* ressemblait à un paquebot en haute mer.

Il se gara sur le Malecón[1], près de l'entrée adjacente.

1. Longue de près de 7 km, c'est la plus célèbre et la plus belle avenue de La Havane, face au golfe du Mexique. *(N.d.T.)*

Deux mulâtresses aux hanches généreuses et aux yeux brillants surgirent de la nuit, tout de blanc vêtues, et proposèrent de lui tenir compagnie. Leurs toilettes étaient superbes et elles portaient un foulard blanc autour des cheveux, ne laissant voir que la ligne délicate de leur cou à la peau cannelle.

— Laisse-nous t'enlever ce pansement, mon amour, lui proposa une des déesses africaines.

— Je suis vanné, mes jolies, plus tard, répondit Brulé, désireux de ne pas les froisser.

— Pour dix dollars, on te remet sur pied, s'exclama une des femmes, persuadée de vaincre la résistance du touriste.

Mais Brulé ne céda pas et un chasseur vint prendre ses bagages.

Il franchit les marches du perron, humant la bonne odeur de salpêtre en provenance de la mer, et pénétra dans le palace. L'air conditionné, les parfums, une douce musique de fond et les bavardages des touristes bronzés qui déambulaient devant la réception, en vêtements d'été aux couleurs claires, le plongèrent dans un univers qui le fit ressusciter.

La Havane avait toujours cet effet sur lui. Sa brise tiède et humide, l'odeur omniprésente du salpêtre, le ciel dégagé au-dessus des flots turquoise et la démarche féline des femmes ravivaient chez lui le goût des plaisirs sensuels propre à la jeunesse.

Il s'installa dans la chambre 703, qui donnait au nord et disposait d'un grand balcon balayé par un vent incessant. L'hôtel se reflétait paresseusement sur les vagues et, au loin, on entendait le battement des tambours et des rythmes tropicaux.

Il chercha dans l'annuaire le numéro de Victorio Triana, mais, comme il l'avait supposé, il ne le trouva pas. En revanche, et c'était bien naturel, il découvrit celui de Prensa Latina. Ses bureaux étaient situés à La Rampa, près de la place où était installé le glacier

Coppelia, un des mieux approvisionnés du monde dans les années soixante.

Après s'être douché, il descendit au bar *Elegante*, situé au sous-sol de l'hôtel. Il commanda un *mojito*[1], s'alluma un H. Upmann et demeura accoudé au comptoir à écouter une Noire si vieille qu'elle avait des cheveux blancs et devait chanter le blues au piano depuis un siècle au moins.

C'était agréable de revenir ici, de sentir l'appel des palmiers et du sang.

Le *mojito* lui traversa les entrailles comme un doigt de glace. La menthe le ramena à son enfance. Il pensa à sa maison natale, à Luyanó, qui appartenait à ses grands-parents paternels. Elle s'abritait sous un fromager qui se confondait avec le ciel. Cela dit, aucun de ses parents directs n'habitait plus à Cuba. Tous avaient fini par s'installer qui à Miami, qui à Mexico ou à Madrid. Il était le seul à s'être aventuré aussi loin dans le Sud.

Il dut s'avouer qu'il regrettait aussi Miami, la ville où il avait grandi. Un jour, songea-t-il, quand Castro ne serait plus là, La Havane deviendrait une autre Miami.

Un homme fragile, à grosse moustache, avec un grand front, s'approcha du détective et s'assit à côté de lui.

— Bonsoir, lança-t-il, en se tournant et en s'appuyant au comptoir.

La poche extérieure de sa veste s'ornait d'un mouchoir blanc et brodé. Il commanda un rhum, « avec des glaçons ».

— Cubain ? lui demanda le barman.

L'homme, qui portait un strict costume noir et une cravate sombre, acquiesça.

— Ne le prends pas mal, mon ami, mais dans cet

1. Le cocktail national : sucre, citron vert, rhum, menthe fraîche et eau gazeuse. *(N.d.T.)*

hôtel on n'accepte que les étrangers. On paie en dollars.

Désappointé, l'homme se caressa la moustache. Il s'apprêtait à se retirer quand Brulé intervint auprès du barman :

— Mettez-le sur mon compte.

Le barman haussa les sourcils, inclina la tête et dit quelques mots noyés par la musique. Il s'éloigna en direction des bouteilles de Havana-Club accrochées à l'envers au fond du bar.

— Merci, dit l'homme à la moustache. Je n'ai pas de dollars. J'arrive de loin et j'ai besoin d'un petit rhum.

Un instant, Brulé eut peur d'avoir affaire à un membre de la police politique.

— Vous êtes de La Havane ?

— Oui, répondit-il en se redressant pour se mettre à la hauteur du détective.

Il avait le front dégarni.

— Pur Havanais, je suis né rue Paula, dans la Vieille Havane.

— Que faites-vous dans la vie ?

— Je suis journaliste, affirma-t-il.

Il fit une pause.

— Journaliste et poète, reprit-il.

— Journaliste pour *Granma, Juventud Rebelde, Trabajadores*[1] ?

L'homme sourit faiblement et se racla la gorge.

— Journaliste indépendant, expliqua-t-il. J'écris pour des organes nationaux et étrangers. Il faut bien vivre, les temps sont durs.

— Y compris pour des journaux nord-américains ? demanda Brulé, incrédule.

1. *Granma,* organe officiel du Parti communiste ; *Juventud Rebelde* (Jeunesse rebelle), journal dominical de la jeunesse communiste ; *Trabajadores* (Travailleurs), journal de la Centrale des travailleurs de Cuba. *(N.d.T.)*

— D'Amérique du Nord, d'Amérique centrale et d'Argentine, répondit-il. Mais on me paie en retard, mal ou pas du tout. Dans cet ordre.

Le barman revint avec son verre. Le journaliste-poète avala une bonne gorgée qui lui humecta la moustache.

— Vous savez, j'ai eu une vie très mouvementée, ajouta-t-il ensuite. J'ai travaillé avec les ouvriers du tabac, j'ai été emprisonné sur l'île de Pinos, et maintenant j'essaie d'organiser les gens afin qu'ils se battent pour la liberté.

Brulé tira une longue bouffée de son cigare. Il ne manquait plus que ça ! Il décida d'ignorer ce qu'il avait entendu. Le bonhomme pouvait être un provocateur.

— Ma santé ne s'est pas arrangée en prison, continua-t-il, mais je devrai participer à la lutte armée. Je crains qu'il n'y ait pas de place pour les politiques.

Le détective souffla la fumée de son cigare vers l'obscurité rafraîchissante, appela le barman et demanda l'addition. La Noire chantait une chanson de Nat King Cole.

— Vous aimez Nat King Cole ? demanda Brulé pour changer de sujet.

— C'est la première fois de ma vie que je l'entends. Je suis d'une autre époque.

Ils écoutèrent *Noche de Ronda* en silence.

Le bar commençait à se remplir de touristes. Leurs vêtements clairs et modernes contrastaient avec le costume noir et râpé du poète.

— Tenez, c'est une des dernières choses que j'ai écrites, lui dit l'homme au bout d'un moment, tirant quelques pages manuscrites de la poche intérieure de sa veste. Vous me semblez être quelqu'un de sensible.

Le détective parcourut rapidement les feuillets, non sans nervosité.

— Des poèmes ? demanda-t-il.

— Une plaquette, expliqua l'homme. Elle a même un titre.

— Merci et bonne chance, lança Brulé en posant un billet de dix dollars sur le comptoir.

Et il s'éclipsa avec les feuillets jaunis.

Il regagna sa chambre. Le rhum l'avait détendu et il pourrait sans doute dormir une heure ou deux. Il mit le verrou à la porte d'entrée et vérifia que celle du balcon était fermée.

Il se coucha.

Avant d'éteindre, il feuilleta les poèmes. *Vers simples*[1], tel était le titre choisi par le poète.

1. Titre identique à celui d'un recueil de José Martí publié en 1891. *(N.d.T.)*

2

Les matinées havanaises sont d'une beauté exceptionnelle quand le ciel est dégagé. Il est alors d'un bleu intense, la température se veut complice de l'homme et il semble impossible de se sentir malheureux.

Cayetano Brulé quitta sa chambre vers huit heures pour prendre son petit déjeuner dans la cafétéria du sous-sol.

Enfin un café digne de ce nom, se dit-il en jetant un coup d'œil à *Granma* qui reprenait en une et dans ses pages intérieures le discours de la veille de Fidel Castro.

Sur le coup de neuf heures, il sortit sur le Malecón où il fut accueilli par la douceur de la brise. Au loin, quelques embarcations sillonnaient les flots et le soleil commençait à prendre possession du ciel. Il monta dans un taxi pour touristes et se rendit à Prensa Latina.

Victorio Triana le reçut dans le petit bureau qu'il occupait au quatrième étage d'un immeuble des années cinquante, où le système d'air conditionné manquait de discrétion. Les fenêtres murées empêchaient le soleil d'entrer, mais elles noyaient la pièce dans la pénombre. Des affiches de Cuba et de Bonn, et les inévitables portraits du Che et de Castro étaient accrochés aux murs.

— La secrétaire m'a dit que vous êtes un ami de Cristián Kustermann, fit Triana en révélant deux rangées de dents d'une blancheur éblouissante.

Il était jeune et brun, petit mais doté d'un physique de sportif. Il portait une fine moustache et ses yeux noirs et perçants étaient le trait dominant de son visage. Depuis son retour d'Allemagne, il s'occupait de l'édition européenne de Prensa Latina.

— Auparavant, nous avions des éditions pour l'Europe occidentale et pour le camp socialiste, aujourd'hui, bien entendu, nous n'avons gardé que le département européen, regretta-t-il avec un sourire en serrant la main de son visiteur. Asseyez-vous.

Brulé prit place dans un fauteuil dont les ressorts dépassaient, sortit son paquet de cigarettes de la poche de sa chemise et en offrit une à Triana qui accepta avec joie. Sur son bureau, on pouvait voir deux télex, un gobelet en plastique sale et un coquillage qui faisait office de cendrier.

— Je voyage pour raisons professionnelles. J'étais en Allemagne et, si je me trouve à Cuba, précisa le détective en donnant du feu au journaliste avant d'allumer sa cigarette, c'est à cause de votre ami, Cristián.

— Le fameux Chilien ! s'exclama Triana en expulsant la fumée par le nez. Excusez-moi, mais elles sont super — il parlait des cigarettes. C'était un drôle de numéro, ce Chilien, oui, un numéro, répéta-t-il, tout sourire. Faut dire que nous avons vécu beaucoup de choses ensemble.

— Vous étiez très liés ?

— Vous savez, la plupart des Chiliens ont un côté intellectuel un peu pénible, mais lui était différent, affirma-t-il en gesticulant avant de tirer avec plaisir sur sa cigarette. Un type franc, simple, toujours partant pour la drague...

Brulé approcha le cendrier.

— Je sais que je vais vous faire de la peine, dit-il, mais je dois vous le dire : Cristián a été assassiné.

Le sourire de Triana s'évanouit d'un coup. Ses sourcils semblèrent se toucher et il regarda fixement Brulé, comme si la vie de Cristián dépendait de ses paroles.

— Il est mort ?

— On l'a assassiné il y a quatre mois, dans son restaurant.

Le journaliste se mit debout et se dirigea vers la fenêtre condamnée, sous le regard de Brulé. On n'entendait plus que le ronflement de l'air conditionné dans le petit bureau.

— Comment ?

Brulé le lui expliqua en détail, ainsi que son rôle dans l'enquête. Il lui confia ses soupçons et lui demanda son aide. Il ne voulait pas que le Cubain devienne méfiant car cela aurait pu le conduire à informer la police secrète, aussi lui assura-t-il que tout renseignement qui permettrait de retracer l'itinéraire de Cristián l'aiderait à retrouver les assassins.

Triana se baissa derrière son bureau, et, au bout d'un moment, il se redressa avec une bouteille à moitié vide de rhum bon marché et deux verres qu'il posa sur la table.

— J'ai besoin de boire pour encaisser le coup, s'excusa-t-il, vous m'accompagnez ?

Brulé ne refusa pas.

Les mains de Triana tremblaient. La tension était perceptible sur son visage. Il vida son verre et s'éclaircit la gorge.

Brulé fit de même. Ils restèrent quelques instants silencieux, écoutant le ronflement de l'air conditionné.

— Je dois surmonter ma tristesse, dit enfin Triana, en se frottant énergiquement les yeux. Cristián aurait aimé qu'on parle de lui joyeusement en buvant quelques verres, c'est certain.

— Vous étiez très amis, n'est-ce pas ?

— Vous comprendrez sans mal que les Sud-Américains ont besoin de se rapprocher dans la grisaille allemande, répondit Triana. En outre, nos appartements étaient proches. Mais ce qui nous a d'abord réunis, c'est le fait qu'il ait vécu à Cuba. C'est lui qui m'a aidé quand je suis arrivé à Bonn et il a même travaillé un moment comme traducteur pour l'agence.

— Dans le bureau de Tulpenfeld ?

Le journaliste essaya de sourire, nostalgique.

— Oui. Vous le connaissez ?

— J'en viens. Plutôt déprimant, le quartier administratif de Bonn.

— Tu l'as dit, oui, lança-t-il en aspirant une longue bouffée. C'est là-bas que ma femme m'a plaqué. Elle est rentrée au pays sans crier gare, avec les enfants. Pas un Cubain ne pourrait supporter cette atmosphère.

Triana déposa son mégot dans le cendrier et sortit une autre bouteille de son bureau.

— Celui-là aussi, c'est du premier choix, se lamenta-t-il, mais ce serait pire de boire de l'eau pour oublier.

— Vous avez connu Jelle Schwarzkopf ?

Le journaliste confirma.

— La petite amie de Cristián. Une blonde, gros seins et jambes minces. Bavarde comme une pie, mais gentille.

— Et Silvio ?

— Silvio comment ? demanda Triana.

— Ne m'en demandez pas tant. Mais c'était un ami de Cristián et je crois qu'il peut nous donner des informations importantes.

— C'est un Cubain ?

— Peut-être.

— C'est bizarre, Cristián n'a jamais prononcé son nom.

— Est-ce qu'il vous a parlé d'autres amis ?

— Il m'a parlé de sa copine d'ici, son nom m'échappe, et de ses compatriotes, qui sont tous rentrés au Chili, répondit le journaliste en terminant le rhum. Ce n'est pas un pays pour des Chiliens, les Anglais de l'Amérique du Sud ne résistent pas au chaos des Caraïbes.

Ils burent encore deux verres et Triana y trouva la force de surmonter sa tristesse initiale. Il se montra loquace mais sa mémoire se troubla.

Le détective craignait que la nouvelle de la mort de Cristián ne se répande et ne parvienne aux oreilles de la police cubaine. Qu'un détective privé muni d'un visa touristique enquête sur son territoire sans en avoir demandé l'autorisation officielle ne manquerait pas de l'alerter.

— J'aimerais que nous nous rencontrions ce soir pour partager quelques verres, proposa-t-il. Je vous empêche de travailler.

Triana se massa les tempes, les yeux clos, et répondit :

— Ça marche, mon ami. Dis-moi où, et permets-moi de te tutoyer, parce que les amis de Cristián sont les miens.

— Qu'est-ce que tu dirais de huit heures à la *Bodeguita del Medio* ?

— Parfait.

— Mais je dois te demander quelque chose, Triana.

— Je t'écoute, mon ami.

— Pas un mot de cette affaire à quiconque.

3

Le bar de la *Bodeguita del Medio* était bondé et ils commandèrent deux daïquiris en attendant qu'une table se libère.

— Ce bar et le *Floridita* étaient les deux préférés d'Ernest Hemingway, dit Triana en parcourant des yeux le décor rustique qui les entourait.

Pour entrer, il fallait franchir deux portes battantes. La *Bodeguita del Medio* se trouve au rez-de-chaussée d'un vieux bâtiment de deux étages, sur la place de la Cathédrale, qui date de l'époque coloniale.

Le barman déposa sèchement sur le comptoir les deux coupes à champagne. La glace flottait dans le rhum et le verre s'était embué.

— Je n'arrive pas encore à croire que Cristián soit mort, dit Triana après avoir avalé une gorgée et accepté la cigarette que lui offrait le détective.

Brulé jeta un regard vers la sortie, au-dessus des portes, derrière lesquelles une longue file de Cubains attendaient qu'on leur offre la possibilité d'entrer. Les touristes étrangers, eux, patientaient au bar. Finalement, la *Bodeguita del Medio*, qui, à ses débuts, dans les années quarante, avait été un restaurant fréquenté par des poètes sans le sou, était devenue un restaurant à l'usage à peu près exclusif des étrangers.

Brulé considéra Triana de ses yeux myopes.

Celui-ci avait perdu son enthousiasme initial à l'idée de venir dans ce lieu.

— Cristián, demanda Brulé, qu'est-ce qu'il a bien pu fabriquer pendant toutes ces années à Cuba ?

— Je ne peux pas te le dire, répondit Triana, parce qu'il me l'a confié, un jour de cuite, à Bonn, et il m'a fait jurer de ne jamais le répéter à personne.

— Ce genre d'information pourrait nous aider.

Des salles à manger provenait un air de boléro remontant à l'époque des Panchos.

Le bar et le restaurant étaient fréquentés par des Européennes à la peau bronzée et au décolleté généreux, suivies d'hommes aux cheveux gominés portant des bermudas. Il y avait quelque chose d'identique sur tous ces visages souriants et insouciants et dans la manière arrogante dont ils s'exprimaient et prenaient place.

Les yeux emplis de désir, Triana suivit une blonde en mini-jupe qui traversait la salle en direction de la cuisine.

— Soyons bien d'accord, Triana, poursuivit Brulé : ou tu m'aides sans réserve ou tu me mets des bâtons dans les roues. Ne perdons pas de temps. Si tu veux qu'on découvre la vérité, aide-moi, sinon, nous profiterons de ce bon repas et oublierons Cristián pour toujours, et que ses assassins continuent à se balader dans la nature...

— Je voudrais que tu te mettes à ma place et comprennes comme ça m'est difficile de ne pas respecter une promesse.

— Tu es le témoin capital, insista Brulé en braquant son index sur le visage du journaliste.

Ils burent en silence. Le daïquiri était bon, fort, doux et parfumé, comme on le préparait à l'époque d'Hemingway. C'est bien le Havana-Club le roi des rhums, et non pas le Bacardi, quoi qu'en pensent les spécialistes du monde entier, songea Brulé.

— Tu as le choix, parler ou te taire, insista-t-il, sensible au souffle d'air frais que produisait le ventilateur géant du plafond, mais si tu te tais, tu auras trahi Cristián.

— Écoute, je vais te le dire, mais à condition que tu ne m'attires pas d'histoires, parce qu'un fonctionnaire cubain ne peut pas aller raconter des trucs de ce genre à un étranger.

— Je suis une tombe et, si je dois utiliser cette information, tu peux être sûr que je ne citerai pas ton nom. À Cuba, je vais rencontrer beaucoup de monde et personne ne pourra conclure que c'est toi qui m'auras fourni le renseignement.

— Ce sont des questions politiques graves, le prévint Triana en fronçant les sourcils.

Il caressait de ses doigts bruns le galbe froid de la coupe et ses yeux se posèrent sur la glace qui flottait dans le rhum.

Brulé sortit son paquet de cigarettes et lui en offrit une.

— Je sais que tu avais une grande confiance en Cristián, continua-t-il, approchant une bougie allumée. Tu lui as fait part d'opinions politiques dont tu ne te serais pas ouvert à des Cubains...

Brulé avait décidé de jouer cartes sur table. Si Cristián avait offert à Triana des livres anticommunistes, comme ceux qu'il avait vus à *La Librería*, cela prouvait qu'entre eux le courant idéologique passait. Sinon, Triana n'aurait pas poursuivi une relation étroite avec lui.

— Je ne révélerai jamais que tu partageais les idéaux politiques de Cristián, car je suis sûr que ça te créerait des problèmes.

Triana alluma sa cigarette à la bougie et aspira.

Un garçon les prévint qu'ils pouvaient gagner une table. Ils quittèrent le bar, empruntèrent un couloir étroit et pénétrèrent dans une salle à manger bondée qui sentait le porc grillé et le manioc frit.

Un trio de guitaristes chantait devant une fenêtre pourvue de barreaux qui donnait sur un patio intérieur, où d'autres tables étaient occupées.

— Dis-moi la vérité, insista Brulé. Qu'est-ce qu'il a fait pendant son séjour à Cuba ?

Des applaudissements saluèrent la fin du morceau. Maintenant, le trio entamait *Nosotros* et le jeu saccadé des maracas se mit à fouetter la *Bodeguita*. Ils commandèrent plusieurs plats typiquement cubains.

— Il m'a raconté qu'il avait étudié cinq ans à l'ITM, dit Triana en baissant la voix, comme si le fond sonore de la chanson romantique ne suffisait pas à la couvrir.

— L'ITM ? Qu'est-ce que c'est que ça ?

— Enfin, tu ne connais pas l'Institut technique militaire ? s'exclama le journaliste, incrédule.

Il avait cette fois oublié toute discrétion.

Brulé lui saisit le poignet.

— Qu'est-ce qu'on y fait ? demanda-t-il en retirant sa main.

Le journaliste lui expliqua qu'il s'agissait d'une école militaire supérieure qui formait les futurs cadres de l'armée.

— C'est là qu'on entraîne les guérilleros qui vont ensuite se battre en Amérique latine et ailleurs ? demanda Brulé.

— Je te parle de questions délicates, qui concernent la sécurité de Cuba, le mit en garde Triana.

— Arrête un peu, lança le détective, tout le monde sait qu'à Cuba on entraîne des guérilleros. Ne me raconte pas que tu vas me dévoiler des secrets d'État. Bon sang, tu es journaliste et tu es sorti de ton île.

— C'est une chose que des étrangers parlent de l'existence de ces guérilleros, c'en est une autre que moi, fonctionnaire cubain qui ai la confiance de l'État, je te le confirme. Tu saisis ?

Le garçon s'approcha avec plusieurs assiettes. Ils éteignirent leurs cigarettes. Le porc sentait bon et le manioc était frais et bien blanc. Brulé renouait avec les nourritures de sa terre. Ils commandèrent deux bières, des Hatuey.

— Oui, plus ou moins, reprit Brulé.

— Ceux qui viennent se préparer à la guérilla restent ici entre trois et cinq mois, et ils suivent une formation accélérée, dans des camps situés aux environs de La Havane ou de Camagüey, continua le journaliste.

— Et l'ITM ?

— C'est autre chose, dit Triana en prenant une assiette de porc grillé. Tu en veux ?

Brulé se servit un morceau. Triana l'imita et il reposa l'assiette d'un côté de la table. Puis il ajouta :

— L'ITM se consacre à la formation d'officiers supérieurs pour les armées de pays amis.

— Pays amis ?

— C'est ainsi qu'on appelle quelques États avec lesquels Cuba entretient ou entretenait des relations étroites. Il s'agissait surtout des armées de pays africains. En Amérique latine, on coopérait avec le Nicaragua sandiniste ou les guérillas bien établies, comme celles du Salvador ou du Guatemala.

— Et Cristián, à quoi s'était-il préparé ?

— Son incorporation dans l'ITM faisait partie d'une stratégie de gauche, datant du milieu des années soixante-dix, dont le but était de renverser Pinochet par les armes.

— Et il s'est fourré là-dedans ?

— Bien sûr, puisqu'il croyait que c'était l'unique façon d'en finir avec la dictature.

Brulé secoua plusieurs fois la tête. Puis il demanda :

— Il a continué à prôner la voie des armes après que le régime militaire a annoncé une ouverture ?

Les yeux de Triana brillèrent fugitivement. Il s'était penché au-dessus de la table pour se rapprocher de Brulé.

— Ça, c'est une autre histoire. Il y avait des types, d'après ce qu'il m'a dit, qui ont continué à envisager l'option militaire parce qu'ils pensaient que le pays avait besoin d'une révolution violente.

— Mais quand tu l'as connu, en Allemagne, il estimait toujours que c'était le bon moyen ?

— Tu es fou, répondit Triana avec un éclat de rire, quand je l'ai connu, il avait changé. Il ne voulait plus rien savoir de la lutte armée, ni de la guérilla. C'était devenu un écopacifiste, comme ils disent en Europe.

— Qu'est-ce qui l'a fait changer ?

— Son expérience à Cuba. En outre, il était déçu par les dirigeants du Front, qui continuaient à prôner la lutte armée même si on rétablissait la démocratie.

Ils remplirent leurs verres de bière. Le détective avala un peu de viande. Triana mangeait avec voracité.

— Si ce que tu dis est vrai...

— C'est vrai, insista Triana, la bouche pleine.

— Dans ce cas, il est très probable que Cristián ait été exécuté au Chili par la guérilla.

— Ou que les services du renseignement de l'armée chilienne l'aient liquidé parce qu'il avait été formé à Cuba.

— Je ne crois pas, nous sommes en démocratie, ils ne pourraient pas...

— Non ? Pourquoi pas ? Qui les contrôle ?

— Permets-moi d'en douter, bien qu'un assassinat en moins ne change rien au tableau.

Brulé avala une longue gorgée de bière et s'essuya les lèvres avec la serviette. Il se remit à manger sa viande.

— Et qui étaient ses amis à Cuba, à cette époque ?

— Je ne sais pas, avoua Triana d'un ton grave.

Une seule fois, il a évoqué sa vie ici, en me faisant jurer de ne jamais en parler, et j'ai respecté son vœu. Jusqu'à maintenant.

Le trio avait fini de chanter. Il disparut dans un couloir et se mit à chanter des boléros dans l'autre salle.

— Tu ne sais rien d'autre ?

— Rien. Vraiment.

Brulé croisa sa fourchette et son couteau sur son assiette et alluma une nouvelle cigarette. Il en profita pour commander un *mojito.*

— Il avait une relation suivie avec une fille à Cuba ? demanda-t-il ensuite.

Triana se lécha les doigts et reprit du porc, du manioc et du riz aux haricots.

— C'est drôlement bon, dit-il.

— Ou un ami ? insista Brulé.

— Il avait une femme à La Havane. Ils ont eu un enfant.

— Ça, c'est nouveau. Et comment je peux la trouver ?

On lui servit le *mojito.* Il écarta son assiette et commença à boire. Le voyage ne lui avait pas arrangé l'estomac et il avait une soif terrible qu'il espérait calmer avec le rhum.

— C'était Magali, Magali Castejón, répondit Triana en mordillant ses lèvres graisseuses.

— Où puis-je la rencontrer ?

— Elle vivait à Alamar, dans un de ces grands immeubles, je m'en souviens parfaitement. Cristián en a parlé plusieurs fois.

Brulé soupira, décontenancé, et dit :

— Et tu t'imagines qu'avec ces renseignements je peux la retrouver ?

Le visage hâlé de Triana afficha une grimace sardonique.

— Mais dans quel pays crois-tu que nous sommes ?

Alamar ne compte que deux grands immeubles, de douze étages, tous les autres en ont quatre ou cinq. Ce n'est pas difficile d'y aller.

Un sentiment de soulagement envahit le détective.

— Et des amis ? Il n'avait pas un véritable ami ? insista-t-il.

— Il m'a plusieurs fois parlé de Zapallo.

— Zapallo ?

— C'était le surnom d'un Chilien qui lui était très proche. Je crois qu'il s'appelait Alejandro, mais c'était une couverture.

— Il vit toujours ici ?

— Je l'ignore.

— Alejandro comment ?

Triana haussa les épaules. Il était fatigué.

Il était possible qu'à présent il commence à hésiter, songea Brulé. Sans doute se demandait-il maintenant s'il ne devait pas informer la police de la teneur de leur conversation. Il était inimaginable que les Cubains l'aident dans son enquête étant donné que la victime avait été formée dans l'armée révolutionnaire. Si Triana le dénonçait, il y avait fort à parier qu'on le reconduirait à l'aéroport après interrogatoire. Il décida de le mouiller un peu plus.

— Le père de Cristián a de l'argent et il me paie pour que je découvre la vérité, expliqua-t-il à voix basse. J'ai besoin de ton aide. Je suis prêt à te payer et si j'étais à ta place...

Triana secoua la tête. Il reposa couteau et fourchette sur son assiette et se nettoya les lèvres avec sa serviette.

— Je n'ai pas besoin de dollars, ils ne me servent à rien, mon ami.

— Mais moi, j'ai besoin de toi pour retrouver Magali et Zapallo, répliqua Brulé. On prend un café ?

Le journaliste accepta.

— Je peux te proposer cinq cents dollars pour trouver ces deux personnes. Ce n'est pas un cadeau, c'est en paiement d'un service.

Triana garda le silence, les yeux baissés.

Brulé commanda deux cafés.

4

Triana revint d'Alamar vers six heures de l'après-midi. Cayetano Brulé l'attendait non loin de la piscine de l'hôtel, observant de sa table deux mulâtresses portant de minuscules bikinis qui tenaient compagnie à un Allemand aux cheveux blancs.

— Tu bois un coup ? demanda Brulé.

Le journaliste prit un siège face au détective et commanda un Tom Collins. Il posa ses lunettes de soleil sur la table et dit :

— Nous progressons. J'ai rencontré la belle-mère de Magali. Elle vit toujours dans l'immeuble de douze étages d'Alamar. Elle était avec son petit-fils, le fils de Cristián, qui va sur ses huit ans. Il lui ressemble beaucoup.

Brulé sourit et se mordilla les articulations des doigts. Il se souvint des photos de Cristián, de son regard malicieux et de ses cheveux raides.

— Et Magali ?

— Elle travaille.

— Où ?

— Dans une entreprise.

Le détective passa la main sur son crâne chauve, sensible à la sécheresse de la peau, chaude et brûlée par l'excès de soleil. Il se dit qu'il ne serait pas bête d'acheter un chapeau.

— Dans une entreprise, répéta le détective en lorgnant une des mulâtresses qui déambulait comme une panthère le long de la piscine.

Elle s'approcha, tortillant ses superbes fesses. Parvenue à hauteur de Brulé, elle leva les bras pour arranger sa chevelure, mettant encore plus en valeur sa silhouette. Elle marcha jusqu'au bord du bassin et s'assit, les pieds dans l'eau.

— Quelle entreprise ? demanda Brulé, tournant de nouveau son regard vers Triana.

— Dis donc, c'est pas au Chili que tu trouveras ce genre de créature ! s'exclama le journaliste, et son rire résonna au-dessus de la piscine.

Brulé sourit.

— Ne te méprends pas, c'est une prostituée. Ces filles couchent avec ceux qui payent, en dollars.

— Et la surveillance policière, dans l'hôtel ? Comment font-elles pour entrer dans les chambres ? demanda le détective en remontant ses lunettes.

Triana remua la tête, comme s'il le plaignait. Il fit claquer ses lèvres et expliqua :

— Elles sont de mèche avec la réception et les flics, mon ami. Après, ils se répartissent l'argent.

— Cela va à l'encontre de la morale socialiste, protesta le détective, feignant d'être choqué.

— Allons, ne dis pas de bêtises. Dans ce pays, on manque de tout et les gens doivent manger. Ça te dirait ?

À cet instant, il faillit lui révéler que lui aussi était né à La Havane, pas très loin d'ici, à Luyanó.

Il changea d'avis. Ce n'était pas le moment, leur conversation risquait de prendre une autre tournure et Triana, inquiet, pourrait se croire obligé d'informer la police.

— Continuons à travailler, cela vaudra mieux. Dis-moi, où est-elle employée, ma compatriote ?

La mulâtresse se laissa doucement glisser dans l'eau et appela sa compagne.

— Je n'ai pas bien compris. Je crois que sa belle-mère a parlé d'une entreprise d'industrie mécanique.

— Qu'est-ce qu'elle y fait ?

— Je l'ignore, et peu importe, vu la crise que nous subissons. Mais il y a des années qu'elle travaille et elle est déléguée d'une organisation d'avant-garde révolutionnaire.

Une serveuse posa le verre du fonctionnaire sur la table. La seconde mulâtresse courut vers le bord de la piscine et plongea. L'Allemand sauta dans l'eau, une bouteille de vieux rhum dans la main droite.

— Qu'est-ce que tu as raconté à la belle-mère pour qu'elle te parle d'elle ?

Le journaliste avala une longue gorgée et se racla la gorge, satisfait. Les deux mulâtresses nageaient maintenant autour de l'Européen. Elles lui avaient arraché sa bouteille et se la disputaient, riant aux éclats et lançant des cris perçants.

— Je lui ai dit qu'un touriste chilien la cherchait, de la part de vieux amis, et que j'avais décidé de venir la voir, puisque je passais dans le quartier.

— Elle l'a cru ?

— Elle avait surtout envie de parler de son petit-fils, Albertico, et de me raconter ses difficultés pour obtenir du lait ou un morceau de poulet.

— Mais c'est magnifique, mon ami, et je pèse mes mots ! s'exclama Brulé. Personne ne lui résiste, à cet homme.

— Pas d'ironie, et pas si fort, parce que toi tu es libre de tes mouvements, l'avertit Triana, jouant avec ses lunettes de soleil.

Des Ray Ban qu'il a sûrement achetées à Bonn, se dit le détective.

— Toi, tu repars, et moi, je reste avec ma famille dans ce foutoir. Alors, surveille tes paroles.

Brulé jeta un coup d'œil alentour. Deux hommes en maillot de bain, des Européens apparemment, somnolaient sur des chaises longues. Les mulâtresses dansaient chacune à son tour avec l'Allemand dans la partie la moins profonde de la piscine. On entendait quelque part les couplets savoureux d'une chanson de Luis Formell qu'un garçon accompagnait doucement en entrechoquant des cuillers.

— Bon, bon, excuse-moi, se défendit Brulé au moment où il se rendit compte que deux types en civil, avec d'énormes lunettes de soleil aux reflets verts, s'étaient installés à la table voisine. Mais je ne comprends pas comment, avec cette crise, vous arrivez encore à le supporter.

— Ça tient grâce à une alliance entre la gauche et la droite en Amérique du Sud.

— Ne fais pas tant de mystères. Quelle alliance ?

— Les entreprises font de meilleures affaires avec Cuba et la gauche conserve un symbole. Tout le monde y gagne et Castro est toujours là.

— C'est ça, le socialisme ?

— Ce n'est pas exactement ce qu'El Caballo [1] nous avait promis, admit Triana.

Il but une gorgée de Tom Collins. Les rires de l'Allemand et des filles résonnaient tout autour de la piscine.

— Mais on ne peut rien faire.

— Pourquoi pas ? Regarde ce qui s'est passé en Europe de l'Est.

— Tu te trompes, mon ami. Là-bas, les leaders ont été renversés parce qu'ils étaient communistes. El Caballo, personne ne le mettra dehors. Il est protégé par le pacte qu'il a passé avec Changó et Ochún [2].

1. Le Cheval, surnom donné par ses sympathisants à Fidel Castro. *(N.d.T.)*

2. Respectivement, le dieu guerrier et la déesse de l'amour, de la beauté et de l'eau, patronne de Cuba, dans le culte de la *santería. (N.d.T.)*

Brulé se racla la gorge et caressa sa moustache. Puis il s'assura que son pansement n'avait pas bougé.

— Tu racontes des conneries, Triana ! souffla-t-il. Toi, un cadre communiste, qui parles de *santería* !

— Enfin, au point où on en est, ajouta Triana en remettant ses lunettes, ça revient au même.

— Comment ça, au même ?

— C'est comme je te le dis, mon ami, répéta le journaliste, protégé par ses verres fumés. Ça fait un bail qu'il est mort, El Caballo, mais personne ne s'en est aperçu. Voilà pourquoi il est toujours au pouvoir.

5

La brise du soir ébouriffa les cheveux lisses de la femme. Sa jupe et son chemisier blanc semblaient flotter autour de son corps menu. Au bout d'une avenue large et déserte, jalonnée de cocotiers, on apercevait la mer turquoise.

Elle pouvait avoir la trentaine. Elle offrait un visage sévère et ses yeux café, énormes, n'étaient pas maquillés.

Elle tira sur sa jupe froissée, ferma à clef la portière de la Lada et, serrant un dossier contre la poitrine, commença à gravir lentement les marches qui conduisaient aux ascenseurs. Une petite sacoche en plastique était suspendue à son épaule gauche.

— Magali ? demanda Cayetano Brulé au moment où elle se disposait à appuyer sur le bouton d'appel.

Elle tourna la tête.

Ils étaient seuls. Au loin, quelques petits Noirs torse nu jouaient avec une balle de base-ball.

— Il faut que je vous parle, dit-il à voix basse. À propos de Cristián Kustermann. J'arrive du Chili.

Les ailes du nez de la femme frémirent.

— Où est-il ? demanda-t-elle, perdant contenance.

Elle parlait d'une voix rauque qui trahissait la fumeuse invétérée.

— Il s'est souvenu de son fils et il veut le voir ?

Sa main chercha le bouton de l'ascenseur.

— Cristián est mort. On l'a assassiné, dit Brulé sans crier gare, convaincu que c'était le seul moyen de la retenir.

La main de la femme se crispa sur le dossier. Ses yeux se troublèrent. Elle lança un regard autour d'elle et s'exclama, impuissante :

— Cristián est mort ?

Brulé confirma d'un hochement de tête et soutint son regard.

La porte de l'ascenseur s'ouvrit en grinçant et deux Noirs qui portaient des caisses en carton vides en sortirent. Les échos de leur discussion se perdirent à mesure qu'ils s'éloignaient.

— Vous ne préférez pas marcher ? suggéra Brulé en indiquant l'avenue.

Elle pivota sur ses chaussures à mi-talons qui la grandissaient un peu et considéra la mer.

— Albertico est avec sa grand-mère, expliqua-t-elle. Il n'est pas possible de parler de son père dans l'appartement...

— Nous pouvons aller ailleurs.

Elle hésita. Elle remit de l'ordre dans sa chevelure et lui demanda de la suivre.

Brulé lui emboîta le pas et ils descendirent l'escalier menant à son véhicule. Elle ouvrit le coffre, y déposa le dossier et referma à clef. Elle avait les chevilles fines et des mollets appétissants.

— Allons-y, proposa-t-elle en croisant les bras comme s'il faisait froid.

Brulé crut la voir pleurer.

— Excusez-moi, j'ai été stupide de vous annoncer la nouvelle de cette manière.

Ils s'engagèrent dans l'avenue bordée de cocotiers. Le temps était si beau en cette fin d'après-midi qu'on se sentait pousser des ailes.

Le détective se souvint de sa promenade nocturne

au bord du Pacifique avec Paula Gómez. Pour l'heure, il marchait vers une mer transparente et calme, sous un ciel tiède et dégagé. On était très loin du paysage agreste du centre du Chili.

— Qu'est-il arrivé à Cristián et qui êtes-vous ? finit-elle par demander.

Il prit son paquet de cigarettes dans la poche de sa *guayabera*[1] et en offrit une à Magali.

— Je m'appelle Cayetano Brulé. Je suis détective privé et j'habite à Valparaíso, expliqua-t-il en allumant leurs cigarettes. Cristián a été assassiné au Chili, il y a quatre mois. Son père m'a chargé d'enquêter, ce qui m'a conduit jusqu'ici.

— On n'a pas retrouvé les coupables ?

— À l'évidence, non.

— Et pourquoi enquêtez-vous à Cuba ? dit-elle avant d'inhaler la fumée.

— Pour ne rien vous cacher, je manque de pistes, mais je suis persuadé que ce crime a un rapport avec le passé de Cristián.

Elle expulsa la fumée par le nez. À la voir faire et à sa manière de tenir sa cigarette, on devinait une fumeuse de longue date.

— Comment est-ce arrivé... ?

— Ça s'est passé dans son restaurant de Reñaca. Une nuit, alors qu'il se disposait à fermer. Attaque à main armée, apparemment.

— Son restaurant ? répéta-t-elle, incrédule. Je n'aurais jamais imaginé un tel changement chez lui. Ici, il a fini par prendre peur, politiquement parlant. Commencer comme révolutionnaire pour finir dans la peau d'un cuisinier...

— Les assassins se sont assurés de son identité avant de le tuer. Cela ressemble à un règlement de comptes...

1. Chemise légère et traditionnelle de Cuba, portée par les hommes sur le pantalon. *(N.d.T.)*

— Je l'avais supplié de ne pas retourner au Chili, craignant pour sa vie...

— Qui aurait voulu l'assassiner ?

— La dictature.

— Il n'y a pas de dictature au Chili, protesta Brulé, mais un gouvernement démocratique depuis plus de trois ans.

Magali laissa échapper un rire sceptique et un peu de fumée.

— Ne dites pas d'inepties, lança-t-elle.

Brulé reconnut sans peine son accent havanais.

— Tout le monde sait que les militaires sont toujours aux commandes.

— Et quelle raison auraient-ils eue de le tuer ?

Derrière eux, ils entendirent le ronronnement lointain d'un camion. Ils le virent ensuite approcher. Un Zyl des Forces armées révolutionnaires leur envoya un nuage de poussière et poursuivit sa route vers l'océan.

— À cause de son engagement politique du début...

— Sa formation à l'ITM ?

— Il y était entré pour se préparer à la lutte armée contre Pinochet, vous comprenez ? affirma-t-elle en le regardant fixement. Il ne croyait pas au retour pacifique de la démocratie et il méprisait les politiciens qui acceptaient les règles du jeu établies par le dictateur.

— Il a suivi l'entraînement des guérilleros ?

— La formation des cadres de la nouvelle armée que voulait créer la gauche en exil, corrigea-t-elle d'un ton de reproche. Tout cela était secret, organisé par le Front, mais la vérité finit toujours par transpirer. Pour ma part, je pressentais que si la DINA avait connaissance de la nature de ses activités, elle le liquiderait. Depuis quand était-il au Chili ?

— Deux ans et demi.

Elle chercha quelque chose dans sa sacoche et la referma. Elle demeura pensive et immobile, la cigarette à quelques centimètres des lèvres.

Le jour déclinait rapidement, comme toujours aux Caraïbes, et, quelque part, des oiseaux s'exerçaient à pousser des trilles. Un avion traversait le ciel en direction du nord, laissant une mince traînée derrière lui. Ils se rapprochèrent de la plage sur laquelle deux parasols en ciment se dressaient tels des champignons géants.

— Il a vécu à Cuba de 82 à 88, ajouta-t-elle. Nous avons divorcé en 85, quand il était à l'ITM. Albertico avait deux mois.

— Que s'est-il passé? demanda Brulé, d'un ton prudent.

— Notre relation n'a jamais été solide. Entre moi, fille d'un ministre d'Allende en exil, et lui, fils d'un homme d'affaires conservateur... Rien de durable ne pouvait naître.

Son visage s'était durci. Elle tira sur sa cigarette.

— Je crois que nous avons fait un enfant pour sauver notre couple. Cela n'a servi à rien.

— Vous vous êtes remariée?

Elle le regarda du coin de l'œil.

— Avec un fonctionnaire du ministère de l'Intérieur.

— Cubain?

Elle acquiesça.

— Notre couple n'avait pas de sens, poursuivit-elle au bout d'un moment sans cesser de marcher. Cristián portait en mission au Nicaragua, au Salvador et au Guatemala. Nous ne nous voyions plus. J'avais besoin de quelqu'un sur qui compter. Vivre avec un guérillero prêt à me quitter ne m'apportait aucune sécurité.

— Il ne vous a jamais proposé de l'accompagner?

Elle soupira, sans dissimuler sa lassitude.

— Quand nous nous sommes mariés, nous étions

convaincus de pouvoir nous consacrer entièrement au Front et de lutter pour rétablir la liberté dans notre patrie. Mais la naissance d'Albertico m'a fait changer d'avis. La révolution, c'est bon pour les célibataires sans enfant.

— Et Cristián, est-ce qu'il n'a pas cessé d'y croire, à la révolution ?

— C'est arrivé ultérieurement, répliqua-t-elle. Bien après notre divorce. Cependant, pour lui, les choses se sont passées différemment. Moi, je voulais élever mon fils tout en respectant les idéaux de la révolution. Lui prenait peu à peu ses distances avec Cuba.

— Comment l'avez-vous su ?

— Des petits détails qu'on remarque, dit-elle en mettant de l'ordre dans ses cheveux. Mais n'allez pas croire que je vais parler des problèmes de la révolution avec un étranger.

Ils étaient arrivés sur la plage. Elle était déserte et de petites vagues venaient se briser contre les rochers dans une gerbe d'écume. Ils s'arrêtèrent près du muret séparant la rue de la plage.

— Peu avant son départ, précisa-t-elle, il m'a offert de nous emmener en Allemagne de l'Est, l'enfant et moi, pensant à un retour possible au Chili, plus tard. Je ne pouvais pas accepter.

— Vous étiez déjà remariée ?

— Oui.

— Pourquoi n'êtes-vous pas partie avec votre fils ? Par amour pour votre mari actuel ?

— Je n'avais pas la force de commencer une nouvelle vie.

— Que pensait-il faire en Allemagne ? demanda Brulé en lançant son mégot dans le sable.

— Il avait décroché un travail de traducteur dans une entreprise allemande qui exporte de l'outillage. Il l'avait obtenu grâce à l'ambassade de la RDA. Il y avait deux postes, en fait, dont l'un pour un de ses amis.

— Qui ?

— Silvio Guerra.

Brulé glissa les mains dans ses poches, à la recherche de ses cigarettes.

— Chilien, lui aussi ?

— Ils s'étaient connus à l'ITM. Chilien d'ascendance allemande...

— Avec un nom pareil ?

— C'était certainement une couverture. Je l'ai vu une ou deux fois. Un grand blond costaud à la peau blanche comme celle d'un Européen. Ne me demandez pas où il se trouve maintenant, ni comment s'appelait l'entreprise, parce que je ne m'en souviens pas, sauf qu'elle était installée à Berlin-Est.

— Est-ce que Cristián aurait pu avoir un différend avec Silvio ? demanda le détective en lui offrant une autre cigarette.

Il commençait à faire sombre et la brise fraîchissait.

— Je l'ignore. N'oubliez pas que nous étions séparés. Ne me dites pas que vous soupçonnez Silvio.

— Je me contente de recueillir des informations sur la vie de Cristián. Est-ce qu'il avait d'autres amis, à La Havane ?

Magali regarda la mer. De la pointe du pied elle dessina quelque chose dans les gravillons.

— Ils sont presque tous partis, dit-elle. Ils sont en Suède, en Allemagne ou au Canada. Quand ils sont arrivés à Cuba, c'étaient des révolutionnaires, puis ils ont trahi.

— Tous ? Tous ont trahi ? Même Zapallo ?

Elle accepta la flamme qu'il lui proposait et se remit à regarder la mer. Au bout d'un moment, elle répondit :

— Je crois qu'il traîne encore dans le pays. Si j'ai bonne mémoire, il travaillait dans une pizzeria.

Elle essaya de se souvenir.

— Il s'appelle Alejandro Barra, il travaillait à *La Vita Nuova*, en face du Coppelia. On le considère comme le dernier des Mohicans des Chiliens de Cuba.

6

Zapallo était maintenant assis à côté de lui, sur le brise-lames du Malecón, le regard tourné vers le nord. Là-bas, au travers de la nuit, on devinait Miami, sur l'autre rive de cette étroite nappe d'eau habitée par les requins et les poissons volants. Brulé savourait en silence une cigarette.

Il l'avait rencontré la nuit précédente, à la pizzeria *La Vita Nuova*, où il officiait comme caissier, serveur mais surtout organisateur des files d'attente, la seule chose qui ne manquait pas dans le quartier.

Alejandro Barra était venu à Cuba en 1973 pour faire sa médecine, peu avant le coup d'État contre Allende. Il allait sur ses vingt ans, avait le regard vif et le cœur en fête. Avec une centaine de membres du mouvement révolutionnaire chilien, il avait obtenu une bourse du gouvernement castriste.

Peu après le coup d'État, son organisation avait changé de stratégie. Désormais, elle exigeait que les étudiants abandonnent leurs études et rejoignent l'ITM. Ils étaient censés devenir les futurs cadres de l'armée révolutionnaire chilienne. À cette époque, le mouvement tablait sur le renversement de Pinochet par les armes et prévoyait d'instaurer un socialisme à la cubaine.

Alejandro avait rompu avec le mouvement depuis

deux ans, dégoûté par les attentats terroristes qui avaient frappé des innocents et non pas les militaires dont l'organisation prétendait se venger. Le fonctionnement en vase clos de l'appareil militaire du mouvement et les privilèges dont jouissaient ses membres avaient mis un point final à sa désillusion.

— Pourquoi n'êtes-vous pas rentré au Chili ? demanda Brulé.

Dans leur dos, des voitures conduites par des touristes roulaient lentement, ralentissant encore devant les jeunes filles en robe moulante qui, tout au long du Malecón, s'offraient en échange d'une paire de bas ou d'un repas dans un restaurant pour étrangers.

Alejandro cracha quelques brins de tabac vers la mer.

— À cause de mon passé et parce que je suis fiché par l'armée, répondit-il avec son accent havanais. J'ai participé à plusieurs actions au Chili et je suis repéré. Si je rentre, mon compte est bon.

— Et où avez-vous rencontré Cristián ?

— Des années plus tard, en 1982, à Cuba, quand il est venu suivre les cours de l'ITM. Il arrivait d'Allemagne. Il était vierge, politiquement, et la direction tenait à ce qu'il retourne rapidement au Chili pour relancer le mouvement en organisant des actions concrètes.

— Vous voulez parler d'attentats, de bombes ?

Alejandro ne broncha pas.

— Une dictature, expliqua-t-il, on ne peut la combattre que par les armes, tout le reste ne sert qu'à enrichir le martyrologe. L'expérience des camarades cubains nous l'a prouvé.

À ce stade de sa vie, Zapallo était resté fidèle à l'essentiel de ses convictions de jeunesse. Il avait échoué dans un restaurant miteux, qui n'avait d'alléchant que le nom et ne lui rapportait pas plus de cinq dollars par mois. Il vivait dans un pays qui manquait de tout et il ne reverrait peut-être jamais sa terre natale, mais il n'avait pas renoncé à son idéal révolutionnaire.

Une *vita nuova*[1], se dit Brulé, tu en rêveras jusqu'à ta mort.

Alejandro tira sur sa cigarette. Il fumait avec un air nostalgique, à gestes mesurés et élégants, qui révélaient, en dépit d'un pantalon raccommodé et d'une chemise sale, même si elle était repassée, qu'il avait reçu une excellente éducation dans son pays.

— Cristián est rentré au Chili pour diriger le mouvement ? voulut savoir Brulé.

L'homme lui demanda une autre cigarette alors qu'il n'avait pas fini celle qu'il avait à la bouche. Il la prit dans le paquet que lui tendait le détective et la glissa dans la poche de sa chemise à manches courtes comme s'il s'agissait d'une relique.

— Oui. Et je crois que c'est pour cette raison qu'ils l'ont tué, expliqua-t-il.

Il leva la main, l'index dressé, et exprima le fond de sa pensée :

— Inutile de chercher plus loin. Il a été victime de l'armée ou d'un groupe paramilitaire. Il est évident que notre mouvement est infiltré et qu'il a été dénoncé.

— Il y a un détail qui m'intrigue, fit remarquer le détective en affinant sa moustache. Si Cristián était un homme sensible, je ne le crois pas capable d'avoir accepté les actions terroristes du mouvement. Beaucoup d'innocents sont morts.

Alejandro se gratta la joue, qui avait besoin d'être rasée, et passa la main dans ses cheveux courts et gras.

— Moi aussi, cette violence, je l'acceptais difficilement. Je crois qu'au sein du mouvement une majorité exigeait une action politique plus forte, surtout quand la dictature a commencé à s'affaiblir.

1. « Vie nouvelle », en italien. Allusion au recueil poétique de Dante. *(N.d.T.)*

— Et comment expliquez-vous l'assassinat des carabiniers et du sénateur ?

Il ne répondit pas et examina le bout rougeoyant de sa cigarette.

— Vous savez ce qu'il avait dans ses poches, le sénateur ? demanda Brulé. De la menue monnaie, ses clefs et un mouchoir.

— J'avais déjà rompu avec le mouvement, répondit Zapallo.

— Mais Cristián y avait encore de l'influence.

— Cela faisait longtemps qu'il s'opposait à ce type d'action, tout comme Léniz. Je ne peux pas croire qu'il ait soutenu un tel acte.

— Léniz ? Samuel Léniz ?

— Oui, celui qui est mort dans l'accident de la route.

— Comment l'avez-vous appris ?

— Tout se sait à La Havane, c'est une ville pleine de savoir, mon ami.

— Pourtant Cristián se trouvait au Chili à ce moment et il était supposé diriger le mouvement quand le sénateur a été tué, insista Brulé.

— Pas forcément, rétorqua l'autre. Peut-être qu'il n'était plus chargé de la section opérationnelle.

Brulé toussa et remonta ses lunettes qui commençaient à glisser sur son nez couvert de transpiration.

— Il n'empêche qu'il était retourné au Chili justement pour diriger la section opérationnelle du mouvement, insista Brulé.

— C'est ce qu'on raconte, répondit au bout d'un moment Alejandro, dubitatif, mais moi je crois qu'il voulait réorienter la stratégie du Front.

— Dites-moi, contre-attaqua le détective. Cristián s'était-il véritablement éloigné de la ligne radicale ou n'était-ce qu'une légende inventée de toutes pièces pour rentrer au Chili et militer dans la clandestinité ?

— Je ne sais pas. Le seul élément concret, c'est qu'il voulait réorienter le mouvement, le reste, c'est de la littérature.

— Vous étiez d'accord ?

— Oui.

— Un tel tournant pouvait provoquer une division...

— Possible, répondit Zapallo, taciturne. Cristián espérait mon soutien. Il voulait épargner des vies. Je crois qu'il était très marqué par son histoire personnelle.

À leurs pieds, les vagues venaient mourir doucement. Une voiture klaxonna, provoquant les rires vulgaires de quelques femmes.

— Dites-moi, comment se fait-il que Cristián soit devenu révolutionnaire ? Il appartenait à une famille puissante, ce qui explique que dans sa jeunesse il ait soutenu le régime militaire.

Alejandro se passa la langue sur les lèvres avant de se gratter le lobe de l'oreille.

— C'est à cause de son père, dit-il.

— Je ne comprends pas.

— Cristián m'a tout raconté au cours d'une mission au Salvador. C'était le secret de sa vie. Mais c'est à cause de son père, répéta-t-il, et il se mit debout pour s'administrer quelques claques sur les fesses.

— Je ne comprends pas.

— Un de ses amis d'enfance avait été séquestré par la DINA et avait disparu pendant plusieurs semaines.

— Et puis ?

— Cristián a supplié son père d'intervenir en sa faveur pour qu'on le libère.

— Son père avait des contacts avec la police politique ?

— Avec de hauts gradés de l'armée... Un homme d'affaires, vous imaginez bien.

— Il est intervenu ?

— Il a dit à Cristián que dans la vie chacun devait assumer ses choix jusqu'au bout.

— Et qu'est-il arrivé ?

Alejandro ne répondit pas. Il regarda les vagues qui venaient s'écraser contre le mur sombre et glissant, puis il se rassit.

— Le gars, on l'a retrouvé dans les faubourgs de Santiago. Égorgé.

Ils demeurèrent plongés dans l'obscurité, côte à côte, sans parler, comme ces vieux couples qui se comprennent en silence. Au travers de la nuit, qui fleurait bon l'iode, on apercevait les lumières d'un bateau s'éloignant de l'île vers le nord.

— L'assassinat de Cristián aurait-il pu être une vengeance ? finit par demander le détective.

— Personne ne connaît cette histoire, hormis son père, moi et vous maintenant.

— Pourquoi n'avez-vous pas soutenu Cristián quand il a voulu réformer le Front ?

— Écoutez, dorénavant, mon souci est de prémunir mes enfants contre l'avenir qui les attend dans cette île.

Le détective alluma une nouvelle cigarette. Elle avait un goût d'algue.

— Dites-moi, insista-t-il au bout d'un moment, vous connaissiez Léniz ?

Les yeux de Zapallo scrutèrent le détective.

— Oui.

— Sa mort ne vous paraît-elle pas étrange ?

— Lui aussi a été assassiné, déclara Zapallo.

Il jeta son mégot allumé dans les flots et demanda une autre cigarette.

— Il est évident que le mouvement était complètement infiltré.

— C'était un accident, corrigea Brulé en lui donnant du feu. J'ai vu le véhicule accidenté.

— Cela ne vous semble pas un hasard extraordinaire que deux des trois personnes qui étaient chargées des opérations militaires du Front soient décédées au Chili ?

— Et qui était la troisième ?

Alejandro lui répondit par un grand sourire moqueur qui fit briller ses belles dents blanches dans la nuit.

— Écoutez, j'ai rompu avec le mouvement mais je ne suis pas un mouchard, le prévint-il d'une voix sonore, très cubaine. Si nous parlons de ces deux-là, c'est parce qu'ils sont morts.

— Peut-être est-ce aussi le cas du troisième, risqua Brulé.

— Impossible.

— C'est Silvio, le troisième, lança Brulé.

Zapallo fit une pause dont il profita pour tirer sur sa cigarette. Il exhala la fumée par les narines et secoua la tête.

— Je ne sais pas qui pourrait être ce Silvio. Mais il n'est pas question de révéler le nom d'un dirigeant qui vit dans la clandestinité. Le mouvement est toujours actif.

— Dites-moi, revint à l'attaque Brulé, j'imagine que Léniz lui aussi était opposé au terrorisme, comme vous, oui ou non ?

Zapallo confirma de la tête.

— Mais le mouvement n'y a pas mis un terme, poursuivit Brulé, ce qui nous oblige à supposer que le troisième membre de la direction a opté pour cette voie et dirige les opérations.

— Pas nécessairement, répondit son interlocuteur, parce que le mouvement n'est pas aux ordres d'une seule personne. C'est une chose d'être chargé des opérations sur le terrain, une autre de diriger le mouvement.

Ils descendirent du mur et suivirent l'avenue en direction de la Vieille Havane, dont les lumières se reflétaient sur les flots. Ils aperçurent la forteresse de La Cabaña, le phare et l'entrée du port.

— Vous savez, je ne supporte pas que l'on s'attarde sur les erreurs du Front en ignorant les crimes des forces de la répression, dit Alejandro en shootant dans des cailloux. C'est vil et lâche.

Il avait fini par épouser une Cubaine, secrétaire à l'université de La Havane. Ils avaient trois enfants et vivaient modestement à La Víbora, un quartier ouvrier qui avait été un haut lieu de la lutte contre le capitalisme à l'époque prérévolutionnaire.

— Et vous ne pensez vraiment pas revenir ? Vous seriez mieux au Chili, il existe des programmes de retour pour les exilés.

— J'ai choisi ce pays, même si je sais ce qui l'attend. Il m'a reçu sans rien me demander en échange et je ne peux pas l'abandonner maintenant en me fichant de son destin. Ma décision ne date pas d'hier et, quand on a commencé quelque chose, on va jusqu'au bout.

— Quand on est né cigale, on meurt en chantant, dit le détective.

— Il ne s'agit pas de ça. Il faut apprendre à se montrer digne, Brulé. C'est tout ce que je peux léguer à mes trois enfants pour affronter le moment où les Yankees reviendront ici en maîtres.

Quelques gros types noirs comme la nuit leur proposèrent des filles et de changer des dollars. Ils poursuivirent leur balade vers la Vieille Havane, suivant le Malecón, magnifiquement illuminé à cet endroit-là. Une caravane d'autocars de touristes les dépassa à toute vitesse, roulant vers Miramar.

— Ce sont les délégués d'un congrès, expliqua Alejandro.

— Lequel ?

— Peu importe, ça n'y change rien. Avec le temps, je ne sais plus s'il y en a eu plusieurs ou s'il s'agit toujours du même.

— Comment s'est formé votre trio, avec Cristián et Samuel ? demanda Brulé un peu plus tard.

— En fait, c'était un quatuor.

— Un quatuor? Et le quatrième, où est-il?

— C'est ce quc j'aimerais savoir, répondit Alejandro, d'un ton fatigué et amer. Nous nous sommes connus à l'ITM, mais nous avons vraiment sympathisé pendant les missions en Amérique centrale.

— Quelles missions?

— Comme conseillers et soutiens des forces révolutionnaires, expliqua Zapallo. Au Nicaragua avec le gouvernement sandiniste, avec les guérillas au Salvador et au Guatemala.

— Vous étiez des mercenaires?

L'homme se fâcha.

— Jamais. Je n'ai jamais touché un centavo, j'ai toujours agi par conviction et j'ai combattu avec les unités de guérilleros. Vous ne pouvez pas comprendre. Un jour, on écrira notre histoire et le Chili pourra s'en montrer fier.

— Pas même des petites sommes, par-ci par-là? le titilla le détective.

Des couples s'embrassaient adossés au mur du Malecón et devant eux jouaient des enfants. Un peu plus loin, d'autres mulâtresses proposaient leurs corps somptueux aux automobilistes.

— Jamais, affirma-t-il.

— Cristián et Léniz ont quitté Cuba en même temps?

— Pratiquement, en 88, mais par des voies différentes, précisa Zapallo en se grattant l'oreille. J'ignore les détails, pour des raisons évidentes de sécurité. Dans le mouvement, les tâches sont toujours compartimentées.

C'est à ce moment que Brulé remarqua la bague qu'Alejandro portait à la main droite. Elle était identique à celle de Cristián.

— Où avez-vous acheté cette bague? demanda-t-il.

Zapallo cessa de se gratter l'oreille. Il se cura un ongle et baissa rapidement les yeux sur la bague, comme s'il venait de s'en souvenir.

— Cela remonte à l'époque internationaliste, expliqua-t-il. En 86, quand nous étions au Guatemala, pour aider l'URNG[1]. Nous avions arrêté des touristes américains qui se rendaient à Tikal et nous leur avons fait payer l'impôt révolutionnaire.

— Du vol à main armée, en somme, lâcha Brulé.

— Appelez ça comme il vous plaira, ce qui est sûr, c'est que tout ce que nous avons récolté a été donné à la guérilla, poursuivit Zapallo avec une grimace contrariée. Sauf l'énorme médaillon de jade d'une bonne femme, que nous avons gardé...

— Vous, Léniz, Cristián et l'autre ?

— Exact. À Panamá, nous avons fait exécuter quatre anneaux, chacun avec un morceau de la pierre, se souvint Zapallo. C'était une sorte de symbole de notre identification à la cause, et nous avons décidé que nous le porterions jusqu'à la victoire finale ou jusqu'à la mort.

1. Union révolutionnaire nationale guatémaltèque, devenue un parti en 1998. *(N.d.T.)*

IV

1

Cayetano Brulé embarqua le samedi suivant sur le vol de Cubana de Aviación pour Santiago du Chili. Le voyage dans le vieil Iliouchine 62 lui permit d'ordonner ses idées tout en savourant quelques Havana-Club *on the rocks* servis par une sculpturale hôtesse dont les hanches lui permettaient difficilement de passer dans le couloir.

Malgré le rhum, il ne put dormir. Les touristes chiliens qui remplissaient l'appareil avaient subi une métamorphose radicale depuis leur séjour dans l'île. Ils ne cessaient d'entonner, quand ils ne dansaient pas, *Guantanamera* et autres chansons en vogue. Ils s'accompagnaient de flûtes, de maracas et de percussions, faisant montre de la lourdeur rythmique dont sont seuls capables les habitants du cône sud du continent quand ils jouent d'instruments des Caraïbes.

Patience, dès que vous descendrez à Santiago et que vous retrouverez le vent de la cordillère, vous en aurez fini avec vos *guayaberas*, vos maracas et votre envie de gigoter, se consola le détective en essayant de trouver le sommeil.

L'avion, qui relie La Havane à Santiago sans escale, atterrit en fin d'après-midi dans la capitale chilienne. Brulé quitta l'aéroport vers huit heures du soir. La fraîcheur de la nuit avait déjà mis un terme à la bruyante et artificielle frénésie née dans les Caraïbes et, quinze minutes plus tard, il montait dans le bus de Valparaíso.

Il franchit le seuil de sa maison vers onze heures, accueilli par la fidèle Esperanza.

Il changea son pansement, se prépara un Cuba Libre et s'installa sur le balcon pour classer ses notes. À ses pieds, la ville profitait d'une nouvelle nuit de samedi estivale et le grincement des grues sur le port montait vers lui, enveloppé par le rythme apaisant des boléros.

Le lendemain, après avoir déjeuné avec Kustermann au *Café Riquet*, où il fit un récit détaillé de son voyage, n'oubliant aucun de ses frais, il se rendit à son bureau. Il avait choisi de ne rien dire à son client de ses soupçons, et il lui demanda un délai supplémentaire d'une semaine avant de lui fournir un compte rendu exhaustif de son enquête.

— Ayez confiance, dit-il à Kustermann, qui portait un costume bleu impeccable, assorti d'une cravate grise, je commence à y voir clair. Accordez-moi encore une semaine.

L'homme d'affaires l'avait écouté avec méfiance, mais il avait accepté, essayant de dissimuler son hésitation derrière des mots. Les ailes de son nez délicat avaient frémi, comme s'il manquait d'air, et puis il avait dit oui.

— Rien qu'une semaine, précisa-t-il d'un ton amical mais ferme.

De retour dans son bureau, Brulé trouva quelques factures exorbitantes et un message de Suzuki datant de la veille. Il lui annonçait qu'il avait entrepris de moderniser son kiosque à sandwichs grâce à l'apport financier de Madame Eloise.

Il se prépara un café et téléphona au conseiller économique de l'ambassade d'Allemagne à Santiago pour lui demander la liste des entreprises de l'ex-RDA qui étaient spécialisées dans l'exportation d'outillage. Il se fit passer pour un importateur intéressé par des équipements disposant d'une technologie adaptable aux normes du pays.

— Vous parlez des entreprises qui étaient installées dans la République démocratique ? demanda aimablement et dans un espagnol parfait le Dr Kaufmann.

— Exact. Elles sont nombreuses ?

Il y eut un silence à l'autre bout du fil. On n'entendait plus que le bruit sourd caractéristique d'un clavier d'ordinateur sur lequel on pianotait. Là-bas, dans la rue Agustinas, l'efficacité germanique semblait en pleine ébullition. Rue Cochrane, les bus continuaient à cracher leurs gaz vénéneux.

— Treize, lui apprit au bout d'un moment la voix cassée du Dr Kaufmann.

— Pouvez-vous m'en envoyer la liste ?

Le diplomate lui proposa de la lui faxer immédiatement. Brulé accepta et donna le numéro d'une étude d'avocats installée à l'étage du dessous, dont il connaissait la secrétaire.

Il téléphona ensuite au ministère de l'Intérieur et s'entretint avec Carlos Maturana, un ami de Suzuki expert en matière d'armement.

C'était un homme au teint grisâtre, qui approchait de la cinquantaine. Il avait l'habitude de s'échapper de temps à autre de son administration et de gagner Valparaíso, sous prétexte de réunions liées à ses activités professionnelles. Suzuki le mettait en rapport avec des jeunes filles qui, pour une somme modique, le recevaient dans une atmosphère décontractée — son épouse avait filé avec un marin grec. Ils prirent rendez-vous pour le lendemain, à midi, au restaurant *City*, dans le quartier de Compañía, à Santiago.

Brulé descendit ensuite chercher son fax. La liste recensait treize entreprises de l'ex-Allemagne de l'Est représentées au Chili. Le Dr Kaufmann lui présentait ses meilleures salutations et signait d'une main à l'écriture enfantine. Une fois de plus, il invita au cinéma la secrétaire guère séduisante de l'étude d'avocats. Il n'eut pas plus de succès que d'habitude et retourna dans son bureau.

Pourvu qu'elle ne se rende jamais compte que mon invitation n'est qu'une façon de la remercier de bien vouloir prendre mes fax, se dit-il en remontant quatre à quatre les marches.

Il s'installa dans son fauteuil après avoir fait réchauffer le café dans la casserole et parcourut soigneusement le document. Sur les treize sociétés, sept avaient leur siège dans l'ex-Berlin-Est, les autres étant domiciliées à Leipzig, Rostock, Dresde, Magdebourg et Cottbus. Aucune n'avait un nom connu et la plupart avaient changé de raison sociale depuis la réunification.

Après avoir étudié la répartition de leurs bureaux, presque tous situés dans le centre de Santiago, il téléphona à Suzuki et lui demanda de venir le voir, très tôt le lendemain matin.

2

Suzuki se montra peu avant huit heures. Il ne s'était pas rasé, sa peau semblait plus jaune que d'habitude et il avait des valises sous les yeux, séquelles d'une nuit d'amour avec Madame Eloise.

— Nous avons fermé le *Kamikaze* à trois heures du matin, chef, dit-il en se préparant un café et bâillant à se décrocher la mâchoire. Et après, figurez-vous que nous sommes allés chez moi.

— J'espère que vous économisez, avec Madame Eloise. Vous pourriez associer vos talents. Imagine un endroit proposant à la fois des massages et de la cuisine, lui expliqua le détective. Tu pourrais te sortir de cette galère.

— Ce n'est pas le bon moment pour ce genre d'entreprise, chef. Le sida a coupé la chique même aux plus fanfarons.

Il s'appuya contre le bureau et remua son café. En cette matinée bien dégagée, il portait son jean élimé habituel, une chemise à col ouvert et sa parka verte en polyester.

— Bon, revenons à nos moutons, commença Brulé en remplissant de nouveau sa tasse avec le fond de café réchauffé, mais ne me demande pas d'explications, il me faudrait toute la journée pour te détailler l'affaire et tu ne comprendrais pas. Tiens, voici une liste d'entreprises installées à Santiago.

Il lui montra le fax du Dr Kaufmann et poursuivit :

— Je veux qu'à partir de huit heures et demie tu les appelles toutes pour prendre les noms de leurs représentants.

Suzuki avala un peu de café.

— J'appelle de la part de qui ?

— Dis que tu appartiens à une société d'import et que ton patron a besoin de ces noms pour obtenir des informations sur leurs produits. Ah, autre chose, n'oublie pas de demander la nationalité des représentants. Compris ?

Suzuki acquiesça.

— Encore un détail important, poursuivit Brulé en repoussant ses rares cheveux en arrière, dis à Madame Eloise qu'elle s'arrange pour interroger une fois encore le patron de la vedette *La Estrella de la Quinta Región.*

— Celui qui a parlé de contrebande ?

— Exactement. Il est important qu'elle lui soutire le maximum d'informations. Est-ce qu'il n'a pas dit, pendant sa cuite, que le meurtre de Cristián avait un rapport avec la contrebande d'armes ?

— C'est vrai.

— Qu'elle le presse comme un citron, précisa Brulé, les mains dans les poches. Nous devons savoir pourquoi il a associé Cristián au trafic d'armes. C'est clair ?

— On ne peut plus clair, répondit Suzuki. Ce soir, je demanderai à Madame Eloise qu'elle mette la main sur le patron de *La Estrella*.

Il vida sa tasse et se dirigea vers la salle de bains pour la laver. Avant de fermer la porte, il se tourna vers Brulé et demanda :

— Vous croyez que Cristián est mêlé à la contrebande d'armes ? C'est la conclusion de votre voyage ?

Le détective posa ses pieds sur la table. Il tenait sa tasse entre les mains.

— C'est une probabilité, fit-il remarquer sans cacher sa satisfaction. On pourra peut-être progresser en suivant cette piste.

Il se mit ensuite à fouiller dans les tiroirs de son bureau, à la recherche de coupures de presse. Il se souvenait que, vers le milieu de l'année précédente, il avait archivé un article relatant la découverte, dans un quartier de Valparaíso, d'une caisse contenant des armes fabriquées dans des pays communistes.

Il dut chercher longtemps. Il avait pour habitude de classer les coupures de presse se rapportant à des affaires non élucidées. Au début, il avait pensé qu'un de ces jours il y mettrait de l'ordre et reprendrait le fil de ces affaires jusqu'à leur résolution. Mais, comme pour beaucoup d'autres projets, il s'était arrêté à mi-chemin. Le goût du rangement n'était certes pas une de ses qualités, songea-t-il en feuilletant ses dossiers.

Il finit par trouver ce qu'il voulait : une information parue dans *El Mercurio* de Valparaíso, daté du 11 août dernier, trois mois avant l'assassinat de Cristián. La nouvelle figurait en bas de la une, accompagnée d'une photo en couleurs montrant quelques fonctionnaires de police debout près d'une caisse remplie d'armes.

Cette caisse contenait trois pistolets chinois de calibre 7.65, avec leur silencieux, cinq pistolets CZ 75 9 mm, de fabrication tchèque, et deux versions avec silencieux de la Scorpion 32 ACP, une petite mitraillette tchèque dotée d'une grande puissance de feu. Le tout avait été découvert sur un terrain vague, grâce à un appel anonyme.

Brulé remit à leur place le reste des coupures et laissa sur son bureau celle qui l'intéressait. Il demanda ensuite à Suzuki d'aller au centre d'appels de la rue Esmeralda pour y poursuivre son travail, ce qui lui permit d'appeler *El Mercurio*.

Il lui fallait parler avec Pepe Gutiérrez, le vieux journaliste chargé des faits divers policiers. Don Pepe frisait les soixante-dix ans. C'était un homme chétif, arborant une épaisse moustache noire et s'exprimant avec la voix nasillarde de ceux qui abusent du tabac. Depuis des décennies qu'il suivait l'actualité policière de la région, il était devenu expert en la matière.

— Tu as de la chance, Cayetano ! s'exclama Gutiérrez à l'autre bout du fil. Aujourd'hui je suis passé de bonne heure à la rédaction parce que je pars en vacances dans les Andes, cet après-midi. Le climat de la côte ne me réussit pas.

Brulé lui parla de l'affaire des armes, dont le journaliste se souvenait, car c'était lui qui avait rédigé l'article. Cependant, il apprit au détective que l'enquête officielle n'avait abouti à rien.

— Il y a quelques jours, j'ai parlé avec l'inspecteur Molina, qui en était chargé, précisa Gutiérrez en toussant. Il m'a dit que c'est en sommeil, car il n'existe aucune piste. Il s'agissait de contrebande. Quelqu'un a laissé sur un terrain vague une caisse censée contenir des outils qu'un complice devait récupérer, mais ça n'a pas marché.

— Pourquoi ?

— À cause d'un mouchard.

— C'est inhabituel qu'une opération de cette envergure rate à cause d'un mouchard. Je me trompe ?

— Tu as raison.

— Comment cela s'est-il passé ?

— Par un coup de fil. Directement à la police.

Brulé se mordit les lèvres et effila sa moustache.

— Tu ne te souviens pas de règlements de comptes dans le milieu qui pourraient avoir un rapport avec cette histoire ? demanda-t-il.

Silence. Gutiérrez devait sans aucun doute tirer sur sa cigarette. Brulé décida d'en prendre une. À l'autre bout du fil, il entendit la petite toux sèche du journaliste, tranquille comme sa façon de parler et d'écrire ses articles. C'est ainsi qu'il mourra, pensa le détective, aussi serein qu'un Esquimau abandonné.

— Non, je n'ai aucun souvenir à ce propos. La piste s'est enlisée.

— Dis-moi, Pepe, continua Brulé en jouant avec la flamme de l'allumette avant de l'approcher de sa Lucky Strike. Ces armes ne sont pas exactement celles qu'utilisent les petits délinquants, n'est-ce pas ?

— Écoute, Cayetano, répondit-il après s'être éclairci la gorge, la mitraillette Scorpion, ce n'est pas de la rigolade. C'est une arme dont se servent les terroristes et les tueurs professionnels en Europe. Idem pour les pistolets chinois et tchèques. Ce ne sont pas des armes qu'on achète pour frimer ou pour tirer en l'air. Ce sont des armes au sens propre : faites pour tuer.

3

Peu après le déjeuner, Suzuki termina son enquête auprès des sociétés allemandes et en informa son patron.

Trois d'entre elles, deux de Berlin et celle de Magdebourg, n'avaient pas répondu à ses coups de téléphone et, pour celle dont le siège était à Rostock, il était tombé sur un répondeur automatique. Pour ce qui était de la nationalité des directeurs des neuf autres, cela donnait : trois Allemands, quatre Chiliens, un Panaméen et un Guatémaltèque.

Brulé se caressa la moustache et ordonna à son adjoint de taper à la machine toutes ces données. Il appela Maturana et lui demanda de le rappeler d'un téléphone public.

L'appel de Maturana lui parvint un quart d'heure plus tard, de la station de métro Universidad de Chile.

— Qu'est-ce qui se passe ?

— Tu as gardé de bonnes relations avec Torres, de la police de l'immigration ? voulut savoir Brulé tandis que Suzuki tapait à la machine, de l'autre côté du bureau.

Maturana lui répondit par l'affirmative.

— Je vais te faxer une liste de représentants étrangers d'entreprises allemandes, poursuivit le détective. J'aimerais que ton collègue me fournisse la fiche et l'adresse de chacun. Il y a quatre compatriotes, et il pourra peut-être en savoir plus sur eux également. C'est important.

— D'accord.

— À part ça, il me faut les noms des représentants à Santiago des firmes Interex, Technocommerz et Maschinenbau Leipzig.

— C'est pour quand ? demanda la voix au bout de la ligne.

— Tout de suite.

— Non, quand est-ce que j'ai droit à une petite faveur ? corrigea Maturana.

Brulé éclata de rire.

— Suzuki te trouvera une bonne combine à Valparaíso à votre prochaine réunion, s'exclama-t-il en lançant un clin d'œil à son adjoint qui avait cessé de taper.

— Ne t'inquiète pas. On se voit demain, ça colle ?

— Il me faut les renseignements pour demain. Ils sont essentiels pour tirer parti de ce que j'ai entre les mains. Je peux te faxer tout ça dans la minute. Il y a un fax là où tu es ?

— Je suis dans un centre d'appels, précisa Maturana, et il lui en communiqua le numéro.

4

Bien plus tard, Suzuki retourna au Paseo Gervasoni. Tout le quartier embaumait les crevettes à l'ail. Comme chaque soir, les clients se tenaient sur les balcons du *Café Turri* et, parmi les murmures et les rires, savouraient un apéritif à la lumière des bougies.

Quand nous aurons résolu cette affaire, je m'offrirai le plaisir de venir ici avec Madame, songea l'adjoint en humant à pleins poumons une odeur de grillades.

Le soleil avait disparu dans le Pacifique, réduisant au silence les grives et baignant de couleurs rougeâtres les maisons accrochées aux collines. La brise poussait quelques nuages vers l'ouest.

Suzuki, en compagnie de Madame, était allé parler au patron de la vedette du môle Prat. L'intérêt soudain que ses visiteurs avaient montré pour un fait divers survenu plusieurs mois auparavant avait éveillé sa méfiance.

Munis de bouteilles de bière, le détective et son adjoint s'installèrent sur les chaises d'osier du balcon qui donnait sur la ville. À cette heure, on pouvait encore sentir la fragrance des azalées et des œillets mêlée à une forte odeur d'algues.

— Le type a tourné autour du pot, dit Suzuki, et il nous a sorti des versions contradictoires.

— En clair ?

— Don Jacinto dit que, l'année dernière, il a transporté dans son embarcation deux caisses d'outillage identiques à celle découverte plus tard par la police à Playa Ancha et qui contenait des armes.

Brulé posa sa canette par terre, près de ses pieds, et demanda, plutôt agacé :

— Et pourquoi il n'en parle que maintenant ?

— Il ne voulait pas. Il a peur, mais il est en rogne.

— Pourquoi ?

— Il n'a pas apprécié qu'on se moque de lui. On lui avait affirmé qu'il s'agissait d'outillage. S'il avait su que c'étaient des armes, il aurait refusé.

— Ou il aurait demandé plus.

Dans la baie, on entendit la sirène d'un navire.

Brulé but directement à la bouteille. Il rota.

— Mais, insista-t-il, pourquoi a-t-il prétendu, il y a quelque temps, que Cristián avait pu être assassiné par des trafiquants d'armes ?

— À l'entendre, il n'a jamais dit cela, continua Suzuki. Il a seulement affirmé que quelqu'un doit payer pour avoir mouchardé, et que chaque fois qu'on se trouve devant un crime inexpliqué, il est possible qu'il s'agisse d'un règlement de comptes.

— Et c'est ce qu'il avait raconté à ta petite femme pendant sa cuite ?

— Il est évident que, depuis, sa version a évolué. Cela se comprend. Il a peur.

— Et tu ne lui as rien proposé pour qu'il parle ?

Suzuki haussa les épaules et but longuement. Il s'essuya les lèvres du dos de la main avant d'ajouter :

— Il a affirmé n'avoir jamais prétendu que Cristián avait été assassiné parce qu'il avait mouchardé. Tout ce qu'il voulait dire, c'est que sa mort était probablement liée au trafic d'armes.

— Pourquoi ?

— Parce que les types chargés de récupérer les caisses étaient de bonne famille, très bien habillés, comme Cristián.

— Et rien sur leur identité ? demanda Brulé, se titillant une canine de la pointe de la langue.

Suzuki eut un geste de lassitude.

— Patron, répondit-il, comme si vous ne saviez pas que ces choses sont taboues dans le milieu et que le type ne l'ouvrira jamais. Il serait exécuté en moins de temps qu'il n'en faut pour qu'un gâteau disparaisse devant une sortie d'école.

— Est-ce qu'il se souvient de la date à laquelle il a chargé les caisses ?

— Vers le milieu de l'année dernière, quelque trois semaines avant qu'on découvre celle de Playa Ancha.

— Combien y en avait-il en tout ?

— Beaucoup, mais il a refusé d'être plus précis.

— Où a-t-il chargé et quelle était sa destination ?

Son adjoint haussa une fois encore les épaules et soupira.

— Chef, arrêtez de poser des questions idiotes. Vous savez que c'est la loi du silence, dans ce milieu. Contentez-vous de l'explication du patron, car vous n'en tirerez rien d'autre. Vous ne comprenez pas que sa vie est en danger, ainsi que la mienne et celle de Madame Eloise ?

5

Au *City*, rue Compañía, ils choisirent une table dissimulée derrière un pilier du restaurant. La salle était vide à cette heure, et la réverbération du soleil s'engouffrait par les grandes fenêtres. Ils demandèrent le menu du jour.

Maturana, qui portait un costume marron à rayures et une cravate constellée de taches d'huile, avait parfaitement répondu aux attentes de Brulé et il savourait à son aise le *pisco sour* commandé en apéritif.

— Voici la liste, avec les noms, âges, nationalités et adresses, dit-il en sortant de la poche intérieure de sa veste une feuille de papier tirée sur une imprimante d'ordinateur.

Sa veste le serrait, comme s'il avait nettement grossi depuis qu'il l'avait achetée. À voir l'état des revers, on devinait que ce vêtement avait connu des jours meilleurs, une dizaine d'années auparavant.

Brulé déplia la feuille, la posa à plat sur la table et alluma une cigarette. Le fonctionnaire n'était pas insensible à l'intérêt que suscitait sa liste, et, de temps en temps, il lançait un regard en coulisse vers la salle, ce qui ne manquait pas de perturber les serveurs qui attendaient le client, debout à l'entrée.

Sur les douze sociétés que la liste comportait maintenant, quatre étaient représentées par des Chiliens, six par des Allemands, une par un Panaméen et la dernière par un Guatémaltèque. Huit de ces responsables vivaient dans le quartier de Las Condes, deux dans le centre de Santiago et les deux autres au Curro.

— Tiens, c'est une photocopie de leurs portraits, ajouta Maturana en glissant une autre feuille sur la nappe blanche.

La photocopie était floue.

Les photos ne ressortent jamais bien sur une photocopie, songea Brulé.

— Joli travail.

Ils burent en silence puis le détective se remit à examiner les documents.

Le détail maintenant capital auquel il fallait s'intéresser était l'âge de chacun des représentants. Brulé estimait que les hommes clefs devaient avoir entre quarante et cinquante ans. S'il respectait ce critère, il en restait quatre, car les autres dépassaient largement la cinquantaine. Il y en avait même deux qui avaient plus de soixante ans.

Le garçon apporta l'entrée : soupe de petits pois. Elle serait suivie d'un poulet au cognac, le tout accompagné d'un demi-litre de rouge maison.

Le détective s'essuya la moustache, humide de *pisco sour.* Il se racla la gorge, lissa en arrière ses cheveux raides et reprit le fil de la conversation :

— Ces entreprises, elles existaient au temps de la RDA, oui ou non ?

Maturana secoua la tête, tout en savourant la soupe de petits pois. Elle avait un arrière-goût acide qui ne lui déplaisait pas.

— Écoute, aucune de ces boîtes ne fonctionnait à l'époque de la RDA, affirma-t-il, mais sept d'entre elles étaient des entreprises d'État.

— Je ne comprends pas, avoua Brulé, posant sa cuiller sur le rebord de son assiette. Elles sont toutes de l'époque post-socialiste ?

— Pour les sept dont je te parle, il s'agit de sociétés qui ont fait peau neuve, tu saisis ? Elles ont été enregistrées au Chili en tant que sociétés nouvelles, mais, en fait, elles ont seulement changé de nom. Dans le passé, c'étaient des filiales d'entreprises d'État d'Allemagne de l'Est.

— Et pourquoi ont-elles changé de nom ?

— C'est tout simple : les maisons mères ont été privatisées lors de la réunification, d'où le changement de nom. Les filiales à l'étranger ont donc suivi, même si leurs activités sont restées identiques.

Brulé avala un morceau de son petit pain.

— Ce qui signifie que les directeurs sont communistes ?

— Pas forcément, répondit Maturana.

Il avait des lèvres fines et rouges, et de petits yeux coquins.

— Sous le communisme, les directeurs de société étaient membres du Parti, ou avaient sa confiance, mais, depuis la privatisation, les têtes ont pu changer, ce qui veut dire que les directeurs actuels ne sont pas obligatoirement communistes.

Mentalement, Brulé essaya de mettre de l'ordre dans ce qu'il apprenait.

— Toutes les entreprises d'Allemagne de l'Est privatisées sont passées sous le contrôle de sociétés occidentales ? demanda-t-il.

Maturana fit non de la tête. Sa cuiller s'immobilisa entre sa bouche et l'assiette.

— Non. Certains groupes industriels d'Allemagne de l'Est ont racheté des entreprises et ils les dirigent comme des groupes privés dans une société de libre-échange. Tu me suis ?

Brulé acquiesça.

— Et les cinq autres ? demanda-t-il.

Maturana s'aperçut qu'il venait d'enrichir sa cravate d'une tache supplémentaire. Il décida de glisser une serviette dans le col de sa chemise, ce qui lui donna l'air d'un écolier pris en faute. Après avoir maudit la soupe de petits pois, il expliqua :

— Ces cinq-là sont des entreprises nouvelles, enregistrées récemment au Chili. J'imagine qu'auparavant, quand elles appartenaient à l'État communiste, elles ne travaillaient pas avec nous, et que depuis qu'elles sont privatisées elles se sont ouvertes à de nouveaux marchés.

— Dis-moi, cela signifie-t-il que, sous Pinochet, nous avions des relations commerciales avec la RDA ?

— Bien évidemment, affirma Maturana, qui venait de terminer sa soupe et s'essuyait les lèvres. Les échanges commerciaux battaient leur plein, même si, politiquement, les relations étaient au point mort.

Le garçon apporta le poulet au cognac et emporta les assiettes creuses. Quelques tables commençaient à être occupées par des employés de bureau et de petits fonctionnaires venus déjeuner rapidement en profitant de la pause de midi.

Brulé parcourut encore une fois la liste de noms. Sur les quatre qui avaient dans les quarante ans, et qui l'intéressaient, il y avait un Allemand qui représentait une entreprise de Dresde, un autre, ainsi que le Panaméen, dont les maisons mères avaient leur siège à Berlin, et le Guatémaltèque qui s'occupait d'une société basée à Leipzig.

— Bon, maintenant, explique-moi un peu. Sur quel genre d'affaire travailles-tu ? demanda le fonctionnaire.

— Je ne peux pas te répondre, mais toi et Torres pouvez compter sur un bon week-end quand vous viendrez à Valparaíso, dit Brulé en laissant échapper un rire malicieux. Je m'en occuperai personnellement.

— C'est déjà ça, répliqua Maturana, soucieux.

6

Suzuki arriva à six heures du matin chez Cayetano Brulé. Il était tout engourdi par le froid en dépit de sa parka verte. L'aube annonçait un ciel sans nuages et les grues continuaient à transborder des conteneurs dans le port.

La veille, après être revenu de Santiago, le détective lui avait téléphoné au *Kamikaze* pour lui demander de se présenter le lendemain au Paseo Gervasoni d'où ils partiraient pour la capitale.

Ils se retrouvèrent près de la table de la cuisine sur laquelle étaient posés un pot de Nescafé, un sucrier et une minuscule caméra vidéo. Brulé fit griller quelques petits pains qui n'étaient plus très frais. Le lait était sur le point de bouillir dans la vieille casserole noircie en aluminium.

— Et cette petite merveille, chef? demanda Suzuki en désignant la caméra.

— Je l'ai achetée pour les besoins de l'enquête. Je te montrerai comment l'utiliser. J'ai appris très facilement.

Il remplit deux bols de lait et les déposa sur la table. Puis il servit le pain.

— Ça me sera encore plus facile, puisque je suis japonais, comme elle, dit Suzuki en s'asseyant.

— Dépêche-toi, nous devons voyager, et arrête de

faire le malin, lui ordonna le détective en mordant dans le pain sec.

— On va à Santiago ? demanda Suzuki.

Sa tranche de pain n'avait rien d'appétissant.

— C'est une journée décisive, déclara Brulé en se servant quatre cuillerées de sucre, mais ne me demande pas d'explications. Nous allons à Santiago pour surveiller deux oiseaux qui m'intéressent.

Il remit alors à Suzuki une feuille sur laquelle il avait noté les noms de deux des quatre représentants qu'il voulait filer, ainsi qu'une mauvaise photocopie de leurs portraits et les adresses de leurs domiciles et de leurs bureaux.

— Dès que nous serons arrivés, précisa-t-il, tu te rendras chez Teodor Schmidt, qui habite à Vitacura, à la hauteur de la rue Luis Carrera. Tu dois le filmer sans qu'il s'en rende compte. Tu prendras mon blouson de sport pour y planquer la caméra.

Celui-ci gisait par terre, tout près d'Esperanza qui sommeillait.

— Après Schmidt, ajouta Brulé, tu iras au bureau de Technocommerz, au 995 de la rue Huérfanos, troisième étage. Tu y attendras Albert Kollmann, qui devrait arriver, en bon gérant, vers neuf heures. Tu feras la même chose qu'avec Schmidt.

Suzuki mordilla sa tranche de pain et la fit passer avec une gorgée de lait — au moins était-il chaud.

— Et vous, qu'est-ce que vous ferez pendant ce temps ? demanda-t-il en réchauffant ses mains autour du bol.

— J'espionnerai deux autres oiseaux.

— Ils sont dangereux ? demanda Suzuki, inquiet.

— Je ne pense pas, mais filme-les sans te faire voir, la caméra dispose d'un zoom fantastique.

Ils quittèrent la maison à six heures et demie mais, avec la Lada, ce ne fut pas une mince affaire que de rejoindre la gare routière.

— Dès que Kustermann m'aura payé, je t'offrirai cette épave et je m'achèterai une Chevrolet modèle 59. Des bagnoles pareilles, on n'en fabrique plus, déclara le détective tandis qu'il s'efforçait de faire fonctionner la poignée de sa portière pour sortir du véhicule.

Ils longèrent les grilles du Congrès national, traversèrent en courant l'avenue Pedro Montt, où les nids-de-poule de la chaussée étaient encore plongés dans le sommeil, et arrivèrent au guichet.

— Tu auras deux fois l'occasion d'apercevoir nos oiseaux, expliqua Brulé en s'installant dans le bus. Le matin, quand ils se rendront à leur bureau, et à l'heure du déjeuner. Je crois que Schmidt et Kollmann font une pause vers une heure et demie. Tu ne peux pas les rater. Rendez-vous chez moi dès que le travail est fini. La clef est sous le paillasson, comme d'habitude.

7

À huit heures douze, Cayetano Brulé descendit du bus interurbain à la station de métro Ecuador. Son adjoint continua jusqu'au terminus. Le métro était bondé de gens qui se rendaient dans la partie est de la ville. Au bout d'un quart d'heure, le détective quitta la rame à la station Santa Lucía.

Il émergea dans l'atmosphère bruyante, jaunâtre et polluée du matin et partit à pied dans Miraflores, en direction du Parque Forestal. Il s'arrêta deux cents mètres après la Bibliothèque nationale, bâtiment qui témoignait de l'époque où Santiago voulait rivaliser avec Paris. Un flot interminable de véhicules roulait à toute vitesse, débouchant d'Alameda.

Il se posta devant le numéro 287, face à l'entrée étroite d'un immeuble d'appartements aussi gris et anonyme qu'un navire de guerre. Une porte munie de gros barreaux rouillés en interdisait l'entrée et, au fond du passage, il vit un concierge sanglé dans un uniforme impeccable, tout chamarré. Coiffé d'un béret bleu, il occupait un bureau sur lequel étaient posés un téléphone noir, un bol fumant et deux croissants. Il feuilletait *Le Monde*.

Brulé remarqua que l'immeuble ne disposait ni d'un parking ni d'une autre sortie. Rodrigo Montero, le

Panaméen, ne pourrait donc pas quitter son domicile sans passer par la porte qu'il surveillait.

Un coup d'œil à sa montre lui apprit qu'il était huit heures trente-cinq. « German Eximport », le bureau de Montero, était situé à Esmeralda, entre Miraflores et Mac-Iver, en face du Collège de médecine, à trois pâtés de maisons seulement de sa résidence. Il estima fort probable que Montero n'avait pas quitté son domicile, car si les entreprises ouvrent généralement à huit heures et demie, leurs dirigeants y arrivent un peu plus tard.

Il gagna le coin de la rue et aperçut une cabine téléphonique. Quelque peu nerveux, il s'en approcha d'un pas vif et trouva le nom du Panaméen dans l'annuaire. Quand il fouilla dans la poche de son pantalon, il n'y découvrit qu'une malheureuse pièce de cinquante pesos. Les autres étaient sûrement tombées dans le bus, car sa poche était décousue. Il vaudrait mieux ne plus marcher les mains dans les poches, se dit-il, ou bien cesser d'y transporter de la menue monnaie, voire de prendre le bus. Il introduisit la pièce dans l'appareil et composa le numéro.

Une voix féminine lui répondit. Brulé se présenta comme M. González et demanda à parler à Montero.

— Un moment, dit la femme.

Il entendit ses pas résonner sur un parquet en bois tandis qu'elle s'éloignait du téléphone.

— Monitooo ! cria-t-elle d'une voix stridente. Téléphooone !

Il n'en espérait pas plus. Il raccrocha et retourna se poster à proximité de l'immeuble, se dissimulant derrière un kiosque à journaux, près d'un chien qui dormait sur des cartons.

Il acheta un paquet de Lucky Strike ainsi que le dernier numéro de *Condorito* et fit mine d'attendre quelqu'un. Avec son costume bleu et sa cravate, il n'attirait pas l'attention dans ce quartier majoritairement fréquenté par la classe moyenne.

Au bout d'un moment, le chien se réveilla, tout excité, et, agitant la queue, il se dirigea vers le détective, l'air ravi. Il lui flaira les chaussures puis le bas du pantalon.

— C'est l'odeur d'Esperanza qui l'attire, grommela Brulé.

Le chien continuait à le flairer avec insistance et il essaya d'attraper la jambe du détective avec ses pattes.

— Il vous a à la bonne, Washington ! s'exclama une voix de femme au fond du kiosque. Il vous lâchera pas tant que vous m'aurez pas acheté un autre journal, chef.

Brulé acheta *Qué Pasa*. Son amoureux disparut à l'intérieur du kiosque, la queue entre les jambes. Brulé plia les deux revues et se débarrassa des poils collés à son pantalon.

À huit heures quarante-huit, un homme robuste, aux cheveux clairs, sortit de l'immeuble, un attaché-case à la main. C'était Montero. Il devait avoir quarante ans bien sonnés. Il portait un costume sombre, une chemise blanche avec une cravate verte, des chaussures noires lustrées. Il se dirigea vers le Parque Forestal.

Brulé le suivit en empruntant le trottoir opposé. C'était le côté ensoleillé de la rue et les pavés étincelaient. Il faillit trébucher sur une conduite d'eau avant de poser le pied dans un trou mal rebouché.

Montero marchait lentement, comme s'il appréciait la promenade, en dépit du torrent d'automobiles qui l'accompagnait. Le détective accéléra le pas, prenant garde aux irrégularités du sol, et il finit par le dépasser, sans quitter son trottoir. Il voulait l'observer sous un autre angle.

Parvenu à hauteur de la rue Catedral, il avait pris une bonne avance et, un pâté de maisons plus loin, il avait laissé Montero deux cents mètres derrière lui. C'était suffisant pour traverser la rue et revenir à sa rencontre, les revues sous le bras. Il aurait l'occasion de le voir de face.

Comme il s'apprêtait à gagner l'autre trottoir, il s'aperçut que le chien l'avait suivi, quelques mètres en arrière. Il agitait toujours la queue et semblait vouloir sympathiser. C'était forcément lui qu'il suivait. Brulé eut peur que Montero ne découvre qu'il le filait.

— Tire-toi, sale clébard ! ordonna-t-il au chien, dans le meilleur style cubain.

Si le cri fut étouffé par le vacarme de la circulation, le chien l'avait entendu et il décida de rester sur le trottoir, sans cesser de suivre des yeux le détective.

Brulé émit un soupir de soulagement, attendit que l'avalanche automobile soit passée et traversa en direction du Panaméen. Celui-ci avait le visage émacié et les yeux clairs. Le dessin de sa mâchoire trahissait un homme peu enclin à rire. Il était très grand : sans doute plus d'un mètre quatre-vingt-dix.

Le détective comprit aussitôt qu'il ne pouvait s'agir de l'homme qu'il recherchait.

Inutile d'aller plus loin, mon pote, se dit-il.

Il jeta les revues dans une poubelle et retourna à toute vitesse vers Alameda et la station Santa Lucía.

Le regard triste, le chien l'observa tandis qu'il disparaissait dans le monde souterrain des hommes.

Quelques minutes plus tard, Brulé refit surface à La Moneda, parmi une foule d'hommes et de femmes à la coiffure impeccable, qui gravissaient en silence et en bon ordre l'escalier. Il revint sur ses pas et prit la rue Teatinos, en direction du Mapocho. Une fille qui avait des allures d'étudiante lui demanda de quoi acheter des cigarettes.

— La compagnie du téléphone m'a fait les poches, lui répondit-il avant de poursuivre son chemin.

Il longea le Palais du Gouvernement, laissa derrière lui la place de la Constitution, vide et accueillante à cette heure de la journée au milieu de la circulation effrénée, et, cinq pâtés de maisons plus loin, il atteignit l'hôtel *Cervantes*.

L'immeuble qui l'intéressait était juste en face. Un bâtiment gris, solide, comme la plupart des édifices du centre. Plusieurs sociétés occupaient ses sept étages.

Il franchit la porte sans problème et chercha le nom de la firme Maschinenbau sur les inévitables plaques de bronze du hall.

La société était installée au troisième. On pouvait y accéder grâce à une antique cabine d'ascenseur qui gémissait comme un animal blessé chaque fois qu'elle se mettait en mouvement.

Brulé choisit d'emprunter l'escalier. Mal éclairé, il était franchement sinistre. L'écho de ses pas retentissait et il entendit quelqu'un qui toussait. Au troisième, au bout d'un couloir, il découvrit une porte avec un œilleton et une plaque de bronze gravée au nom de « Maschinenbau ».

Quand il appuya sur la sonnette, un gong lui répondit quelque part. Il patienta. Dans ce recoin humide, qui fleurait bon le cachot, la rumeur de la ville ne lui parvenait plus.

Une moustache noire surgit, collée au visage du jeune homme qui lui ouvrit. Il portait un costume et une chemise blanche sans cravate.

— Je suis bien chez Maschinenbau ? s'enquit le détective.

— Entrez, dit une voix derrière l'épaisseur des bacchantes.

Brulé pénétra dans un couloir au tapis usé sur lequel les rayons du soleil tombaient perpendiculairement. La voix l'invita à passer dans une salle d'attente minuscule, avec des banquettes contre les murs et une table au centre, occupée par des revues techniques allemandes.

— Asseyez-vous et attendez un moment, s'il vous plaît. La secrétaire ne va pas tarder, dit le moustachu d'une voix mélodieuse, sur le point de se retirer.

— Excusez-moi, je m'appelle Carlos Serrano, mentit Brulé, et je n'ai besoin que de quelques informations sur le genre de matériel que vous importez. Un peu de documentation me suffirait.

— Aucun problème, monsieur. Je suis Epaminondas Correa, à votre service, précisa le moustachu en lui tendant la main gauche. Si vous permettez, Carmen, la secrétaire, va arriver d'un moment à l'autre. Elle s'occupera de vous.

C'est alors que Brulé remarqua que le représentant de Maschinenbau au Chili était manchot.

— Ne vous dérangez pas, je peux revenir plus tard.

— Comme vous voudrez, monsieur Serrano, répondit le Guatémaltèque. Nous aurons l'occasion d'en reparler, mais, pardonnez-moi, je reçois actuellement quelques clients du Sud.

Et il quitta la salle d'attente.

8

Suzuki arriva chez Brulé peu après neuf heures du soir. Assis dans son fauteuil, celui-ci consultait ses notes, déçu par les résultats de son enquête. Esperanza dormait à ses pieds.

Ni Montero ni Correa ne correspondaient à l'homme qu'il cherchait. Il ne lui restait plus à espérer que le chaînon manquant serait un des hommes que son adjoint avait suivis.

— Je les ai filmés tous les deux, annonça-t-il en sortant la caméra du blouson de sport.

Brulé bondit, arracha l'appareil des mains de Suzuki et le brancha sur le téléviseur. Il rembobina jusqu'au début et appuya sur le bouton de marche. Ils virent apparaître une petite maison entourée d'une grille en fer, pas très haute. Une BMW 520, blanche, était garée d'un côté de la maison, sous un porche.

— Je n'ai pas eu de mal à filmer la maison de Schmidt, avenue Vitacura, expliqua Suzuki. Elle fait face à un arrêt de minibus et il y a beaucoup de monde, ainsi qu'un kiosque à journaux.

Brulé retourna s'asseoir et croisa les jambes. Il avait ôté ses chaussures.

Pendant quelques secondes, la maison fut cachée par des bus qui passaient à toute vitesse dans l'avenue.

Selon Suzuki, les voitures ne posaient pas de problème.

— Le voilà qui sort, ajouta-t-il. On dirait que c'est sa fille qui l'accompagne.

Le zoom se régla peu à peu sur Schmidt, qui s'arrêta à mi-distance de la porte et de la BMW. La fillette — une blonde qui n'avait pas plus de cinq ans — était retournée à l'intérieur, un cartable à la main.

Schmidt restait un moment à observer la circulation. Ensuite, il s'occupa du cadenas qui fermait le portail réservé au passage des véhicules.

— C'est lui que vous cherchez ? demanda Suzuki.

C'était un homme très corpulent, portant de grosses lunettes, aux cheveux blonds et lisses. Il marchait avec difficulté, comme si ses cuisses le handicapaient. Il était vêtu d'un costume gris, avec une chemise blanche et une cravate sombre.

Après avoir ouvert les deux battants du portail, il pénétra dans la maison et en ressortit en tenant la fillette par la main. Elle était en jupe de jean et T-shirt coloré, et elle marchait avec grâce.

Brulé poussa un soupir et secoua la tête, découragé.

— Au suivant, dit-il.

Il s'approcha de la caméra et actionna l'avance rapide sans quitter l'écran des yeux. On voyait des gens et des bus qui semblaient pris de folie.

— Arrêtez, arrêtez, chef ! ordonna son adjoint. On est juste devant la maison de Kollmann. Il est midi.

Protégée par une grille haute, la maison d'un étage était entourée d'une pelouse bien entretenue. Derrière la grille, on remarquait des rosiers et, d'un côté, en grande partie dissimulé par la maison, un garage pour deux véhicules.

Suzuki s'était idéalement placé, sur le trottoir en face, près d'un arbre. De temps en temps, des bus et des camions cachaient la maison.

— Tu ne l'as pas filmé avant qu'il arrive à son

travail ? demanda Brulé, impatient, en retournant s'asseoir dans son fauteuil.

— Je l'ai attendu, mais soit il m'a échappé, soit il ne s'y est pas rendu. Vers onze heures du matin, j'ai téléphoné chez lui pour savoir à quelle heure je pourrais l'y trouver. L'employée m'a répondu que Monsieur rentrait déjeuner vers une heure. Je me suis planqué devant la maison, à un arrêt de bus, comme vous voyez.

— Bonne idée, marmonna Brulé en allumant une cigarette.

— Ne m'oubliez pas, chef.

Brulé lui en tendit une.

La fourgonnette d'un fleuriste s'arrêta devant la maison. Un jeune homme en bleu de travail en descendit. Il déchargea deux caoutchoucs en pot et traversa rapidement la rue, se dirigeant vers la caméra.

— Fausse alerte, commenta Suzuki en allumant sa cigarette. Il y en a eu deux autres. Deux véhicules qui se sont arrêtés devant la maison, mais qui n'avaient rien à voir avec ses occupants.

Plus tard, une voiture japonaise se gara devant la résidence. Une femme séduisante, en pantalon étroit, en sortit pour s'assurer que le coffre était fermé.

Au bout d'un moment, ils virent une femme et un enfant qui attendaient devant la maison. Ils lui tournaient le dos, guettant quelqu'un qui devait venir les prendre. Une voiture américaine grise s'arrêta et les emporta.

— C'est maintenant, chef, prévint Suzuki.

Le début de la scène manquait, comme si Suzuki, distrait, s'était aperçu tardivement de la présence d'une Mercedes 230 bleue déjà arrêtée devant le portail. Le zoom avança rapidement sur le véhicule. Une seule personne s'y trouvait.

La portière avant s'ouvrit et un homme grand et athlétique, aux cheveux noirs, le visage dissimulé derrière des lunettes fumées, en sortit. Il s'avança vers le portail, ne montrant que son dos à la caméra, fit jouer la serrure et ouvrit. Il devait avoir quarante-cinq ans.

Brulé bondit de son fauteuil, ce qui effraya Esperanza, et se précipita vers la caméra. Il appuya sur le bouton « retour » observant de nouveau la scène depuis l'apparition de la Mercedes, au ralenti cette fois.

— Regarde bien, Suzuki, dit-il sans s'éloigner de l'écran.

Il écrasa sa cigarette dans le cendrier posé par terre, près de la petite chienne.

Le conducteur descendit pour la seconde fois de son véhicule. Il demeura un instant de profil, révélant un front largement dégarni sur les côtés. Quand il se dirigea vers le portail, ils l'observèrent de dos. C'était un homme robuste. Le zoom de la caméra montrait sa tête et ses épaules en gros plan. Brulé fit un arrêt sur image.

— Regarde, dit-il à son adjoint, désignant la tête de Kollmann. Tu vois sa tonsure ? Tu ne remarques rien ?

Suzuki observa de son mieux et secoua la tête.

— Vous serez chauve avant lui, chef.

— Si tu fais attention, continua Brulé en montrant du doigt l'image immobile, tu verras que les cheveux autour de la tonsure ont un reflet clair, presque blond, et que le reste est noir. Il n'y a qu'une seule explication : Kollmann est blond et se teint en noir.

— C'est vrai ! s'écria Suzuki.

Brulé appuya sur le bouton du ralenti et Kollmann se remit à marcher. En arrivant au portail, il se baissa vers la serrure, à hauteur de hanche. Il posa ensuite les mains sur le cadre du portail et poussa un battant. Le détective stoppa le défilement des images.

— Tu vois quelque chose d'intéressant ? demanda-t-il.

— Rien, chef. Je ne sais pas.

— Pas même sur ses mains ?

Suzuki considéra quelques secondes les mains de l'homme.

— Il aime les bagues, dit-il.

— Exact, et cela nous fournit un détail intéressant, conclut Brulé. Écoute. Kollmann est allemand et marié, mais il porte son alliance à la main gauche, comme les Chiliens, ce qui est bizarre.

— Les Allemands la portent à la main droite ?

— Oui, confirma Brulé. C'est très révélateur. Il est rare qu'on puisse porter une alliance indifféremment aux deux annulaires. D'après mes informations, Kollmann s'est marié en Allemagne, il y a pas mal de temps.

— Chef, ce sont des choses qui arrivent.

— Mais ce n'est pas tout, continua le détective. Observe maintenant la bague de sa main droite. Malgré la distance, je jurerais qu'elle est identique à celles que portaient Cristián et Léniz.

9

L'inspecteur Zamorano, de la brigade criminelle de Valparaíso, était un homme qui n'avait pas froid aux yeux, mais il savait se montrer prudent. Il avait fait ses études au lycée n° 2 de Playa Ancha, dans les années soixante, et, plus tard, échouant à entrer à la faculté, il avait intégré la police judiciaire et s'était spécialisé dans la lutte contre le banditisme. Sa carrière avait connu une ascension fulgurante sous la junte militaire.

Cependant, à partir de 1990, il avait redoublé de prudence, craignant que les rumeurs dont il était l'objet ne s'amplifient, provoquant l'ouverture d'une enquête sur son passé à l'époque du gouvernement Pinochet. Beaucoup d'anciens prisonniers politiques l'avaient accusé d'être lourdement impliqué dans les persécutions et les tortures dont avaient été victimes les opposants à la dictature dans la région de Valparaíso.

Zamorano était un homme pâlichon, aux traits flasques, aux doigts jaunâtres, qui s'exprimait d'une voix aigre. Il avait activement participé à la chasse aux étudiants, qu'il haïssait.

Pour l'heure, assis sous l'horloge à balancier dressée contre un mur fendillé du commissariat central de la police judiciaire, l'inspecteur opposait un refus obstiné à la proposition de Brulé : prendre le risque de perquisitionner la résidence de Kollmann à Santiago sans mandat.

Il était onze heures du matin, et Brulé avait déjà avalé trois cafés infects et fumé cinq cigarettes sans réussir à convaincre le policier qu'il joue de sa réputation pour mettre sur pied cette opération.

— Tu n'as qu'à lui parler, toi, au juge, si tu es tellement convaincu de ce que tu avances, lui répéta l'inspecteur en remontant les manches de sa chemise blanche. Il signera le mandat. Ça reviendra au même.

— Puisque je me tue à te dire que je ne veux pas que l'affaire s'éternise ou qu'elle s'ébruite, répondit Brulé. La chose est déjà assez délicate et moins il y aura de monde au courant, mieux ce sera. Personne ne risquera de parler.

— Écoute-moi, le Cubain. Si tu veux un flagrant délit, débrouille-toi.

La conversation tournait en rond. L'inspecteur, qui voulait garder un profil bas, n'acceptait d'agir que s'il était complètement couvert. Brulé, quant à lui, craignait que le délai légal qu'il faudrait respecter si on passait par le juge ne nuise au succès de la perquisition.

Le bureau de Zamorano, exigu et humide, disposait néanmoins d'une fenêtre haute qui donnait sur les palmiers de l'avenue du Brésil. Elle permettait au soleil d'entrer dans la pièce comme à la fumée des cigarettes de se dissiper.

— En outre, des cheveux teints et un anneau de jade noir ne suffisent pas à justifier une opération, dit l'inspecteur en ébauchant un sourire qui révéla ses petites dents jaunies.

— Dans cette maison, tu peux être sûr de trouver pas mal de caisses remplies d'armes identiques à celles que vous avez récupérées l'année dernière. Des armes de guerre.

— Arrête un peu, Cayetano, s'il te plaît ! s'exclama l'inspecteur en joignant les mains comme pour prier.

Il était las de l'insistance du détective.

— Tu ne parviendras pas à me convaincre. Cette histoire ne repose sur rien. Le fils Kustermann a été tué par des voyous, point final. Tu veux me faire perdre mon poste en me mettant dans les pattes d'un type qui jouit pratiquement d'un statut diplomatique ?

Brulé se leva et s'appuya contre le bureau. Il garda un ton posé :

— Kollmann est chilien et son passeport est faux. Il lui a été fourni par d'anciens agents de la police secrète d'Allemagne de l'Est.

L'inspecteur éclata de rire, découvrant une nouvelle fois ses dents.

— Tu es cinglé ! s'écria-t-il. Complètement cinglé. Maintenant tu vas imaginer des histoires d'espions !

— Il ne s'agit pas d'une histoire d'espions ! protesta Brulé en jetant son mégot par terre. Kollmann est en réalité chilien et il dirige le Front. Il a ordonné l'assassinat de Kustermann et de Léniz parce qu'ils s'opposaient à la poursuite de la lutte armée.

— Tu es fou à lier !

Brulé se rassit, alluma une autre cigarette et regarda fixement Zamorano, qui s'était calé dans son vieux fauteuil de fonctionnaire. Son expression crispée laissait deviner qu'il était prêt à l'expulser. Le détective tira longuement sur sa cigarette et déclara :

— Le sort du principal mouvement terroriste du pays est entre tes mains et tu refuses d'agir. Mais c'est aussi ta carrière qui est en jeu.

L'espace de quelques secondes, Zamorano soutint sans broncher le regard de Brulé, avant de baisser les yeux sur son bureau en désordre.

— Que veux-tu dire ? demanda-t-il en prenant un crayon.

— C'est très simple, répondit Brulé, certain que l'inspecteur avait parfaitement compris. Si tu procèdes à cette perquisition, tu vas attraper du très gros gibier et tu passeras pour le fonctionnaire modèle qui a toujours servi chaque gouvernement de son mieux, comme l'exige la loi...

— Et si je refuse ?

Brulé souffla une grosse bouffée et la regarda s'effilocher en direction des palmiers. Il se lissa la moustache et passa la main sur les quelques mèches qui lui restaient. Il précisa enfin sa pensée, d'un ton calme :

— J'ai des contacts avec plusieurs membres de l'intelligentsia locale qui peuvent te compromettre si elles se souviennent devant les journalistes de ce qu'elles ont vécu, détenues par tes services, il y a deux ans.

— Espèce de...

— Parle pour toi, répliqua Brulé, et il se leva, souriant. Mais tu as le choix. Appelle-moi à la maison si tu changes d'avis.

10

Dès l'aube le lendemain, un groupe d'agents de la police judiciaire, fortement armés et équipés de gilets pare-balles, épaulés par des carabiniers, cerna la maison d'Albert Kollmann. Aussitôt, dans la brume et le silence qui régnaient à cette heure, ils franchirent la grille en divers points et forcèrent la serrure de la porte d'entrée.

Précédés de quelques agents, Cayetano Brulé, Suzuki, Zamorano, et l'inspecteur Ramírez, qui représentait la police de la capitale et dirigeait l'opération, pénétrèrent dans le salon de la splendide demeure et se positionnèrent entre la cheminée et un sofa.

Sept hommes gravirent sans bruit l'escalier recouvert d'un tapis pendant que les autres se répartissaient entre les pièces du rez-de-chaussée, le jardin et le garage.

La maison était grande, dans le style européen des années soixante : poutres de sapin apparentes, parquet en bois, lampes à pied à pendeloques, chaîne hi-fi dernier cri et peintures d'artistes des Caraïbes. Dans un coin, Brulé remarqua un bar discret des mieux approvisionnés et de gros verres en cristal de Baccarat.

Les policiers ne tardèrent pas à redescendre de l'étage, entourant Kollmann et une jeune femme aux longs cheveux lisses, vêtue d'une robe de chambre. Sa femme, une Colombienne de Medellín, d'après ce qu'ils savaient. Elle pleurait. Kollmann, qui s'était marié récemment, ne portait qu'un pantalon de pyjama en soie.

— Il n'y a personne d'autre là-haut, déclara le chef du groupe à Ramírez tandis qu'ils descendaient l'escalier. Nous avons aussi trouvé une arme.

— Vous n'avez pas le droit ! Messieurs, j'exige une explication. Je contacterai mon ambassade, protesta Kollmann dans un espagnol parfait quand, à l'étage, il se retrouva face à face avec l'inspecteur Ramírez. Je suis le représentant au Chili d'une importante entreprise allemande. Vous aurez de mes nouvelles !

Ramírez ne répondit pas. Il préféra lancer un coup d'œil à Zamorano, qui, livide, s'appuyait contre la cheminée, manière de lui dire : « Débrouille-toi tout seul. » Un agent lui donna l'arme. Ramírez la remit à Zamorano après l'avoir examinée.

— Du 7.65, fabrication chinoise, commenta Zamorano en la montrant à Brulé.

— Est-ce que par hasard il est interdit de détenir une arme chez soi ? s'écria Kollmann.

Zamorano se tourna vers le détective.

— Et maintenant ? marmonna-t-il.

Il n'en menait pas large et son visage était couvert de transpiration.

— Maintenant, il faut faire parler le pistolet et trouver les caisses, répondit Brulé en baissant le ton. Elles doivent forcément être quelque part. Donne les ordres nécessaires.

Zamorano prit son courage à deux mains et s'exécuta.

— Et vaut mieux les dénicher. Sans elles, nous sommes foutus, ajouta-t-il d'un ton péremptoire destiné à Brulé.

Celui-ci avait ouvert le bar et se servait un triple whisky.

— Qu'est-ce que vous faites dans mon bar, espèce de malotru ? l'apostropha Kollmann.

Un agent le retint en lui flanquant son coude dans l'estomac.

— Dis, le Cubain, vas-y mollo ! lui cria Zamorano.

Puis il s'approcha de l'épouse de Kollmann.

— Ne voulez-vous pas vous asseoir, madame ?

Elle arrangea sa chevelure et lui décocha un regard méprisant.

Brulé savoura une bonne gorgée et s'assit dans un fauteuil de cuir. À dire vrai, il était loin d'être sûr que les caisses se trouvaient dans la maison, mais il estimait que profiter du bar de Kollmann n'aggraverait pas sa situation si ses soupçons initiaux n'étaient pas confirmés.

Pendant ce temps, les policiers, qui paraissaient s'être multipliés, se répandaient dans toute la demeure pour chercher les caisses d'armes.

— Zamorano, bois un coup sur le compte du monsieur, proposa Brulé.

Quand Ramírez revint du jardin, il avait le visage défait et agité. Il s'approcha de Zamorano et lui confia quelque chose à voix basse avant de ressortir.

— Tu m'as foutu dans la merde, le Cubain ! cria Zamorano, se moquant d'être entendu de Kollmann. Même au grenier il n'y a rien. À cause de toi je suis fini...

Il se laissa tomber sur un sofa et accepta le whisky que lui offrait Brulé.

Kollmann insistait pour parler avec son avocat et exigeait qu'on autorise son épouse à s'habiller. Ramírez revint au bout de quelques minutes.

— Désolé, inspecteur, il n'y a rien.

— Et maintenant ? demanda Zamorano en implorant Brulé du regard.

Celui-ci se mit debout et ordonna à Ramírez de faire enlever les tapis, de sonder les murs et de ratisser le jardin pour s'assurer que la terre n'avait pas été récemment retournée.

Il savait que le temps jouait contre lui. Son hypothèse n'avait pas été confirmée. Il se laissa aller à regretter toutes ces années où il s'était contenté de s'occuper de maris jaloux et de patrons méfiants, les discussions insouciantes dans les cafés de la rue Cochrane et les après-midi venteux quand il allait promener Esperanza. Il avait manqué de mesure, de bon sens et de prudence. Qu'est-ce qu'il faisait ici, sans mandat, un verre de whisky à la main, devant le maître des lieux, jeune marié dont la femme était au bord de la crise de nerfs pendant que des policiers mettaient la maison sens dessus dessous ? Il se racla la gorge.

Il était urgent de prendre une décision, songea-t-il en se passant la main sur la tête. Elle était couverte de transpiration. La main ou la tête ? Les deux.

Il pénétra dans la cuisine. Une grande pièce au sol de céramique claire, aux meubles bien astiqués. Fours électriques, micro-ondes, mixeurs multifonctions, rien ne manquait. Il ouvrit les portes des placards et frappa au fond de chaque élément de rangement. Quelques policiers le regardaient, abasourdis.

Il se dirigea ensuite vers la porte du garde-manger et l'ouvrit.

— Nous l'avons déjà fouillé, lui dit un des hommes.

Le détective le fit taire d'un seul regard et entra. C'était une véritable pièce, aux étagères nombreuses, remplies de conserves, de produits de nettoyage, de caisses et de quelques légumes.

— Toutes ces caisses sont vides, affirma quelqu'un dans son dos.

Ici aussi, Brulé se mit à frapper les parois de ses

poings nus. Il fit le tour complet de la pièce, s'appuyant aux étagères. Il s'arrêta enfin sur le seuil de la porte et désigna un côté.

— Enlevez cette étagère, ordonna-t-il.

11

C’est là que la porte était dissimulée. Cayetano Brulé tira un verrou et ouvrit la porte. Une odeur humide l’accueillit, venue de l’obscurité. Les lampes des policiers révélèrent un escalier étroit et tortueux, aux marches de pierre. Il conduisait à un souterrain.

Ils descendirent sans un mot, à la suite de Brulé. Un courant d’air frais était perceptible. Une voix parla de chauves-souris. Ils débouchèrent dans un corridor ouvrant sur plusieurs pièces sans fenêtres. Mais toutes étaient vides et le sol de terre avait été impeccablement balayé. Il n’y avait strictement rien.

— Sauf ici, corrigea le détective en poussant une autre porte de bois.

Une bonne vingtaine de caisses étaient empilées contre les murs. Chacune mesurait plus d’un mètre de long sur quarante centimètres de large. D’après leurs étiquettes, elles contenaient des couteaux, des scies et des perceuses électriques. Elles étaient cloutées.

— Ouvrez-moi ça ! cria Zamorano, qui avait recouvré sa voix et son énergie.

Lancé dans son dos, l’ordre fit sursauter Brulé.

Plusieurs hommes entreprirent de fracturer les caisses. Sur le seuil, Brulé observait en silence. Il serra son paquet de cigarettes au fond de sa poche. L’excitation qui régnait dans la pénombre était palpable.

— Des armes, neuves et même graissées ! s'exclama bientôt un agent.

— Presque toutes de pays socialistes, précisa un de ses collègues en promenant le rayon de sa lampe sur les caisses qu'ils étaient en train d'ouvrir. Des pistolets chinois 7.65, des CZ 75, des mitraillettes Scorpion, de fabrication tchèque, et deux Hechler und Koch MP5, allemands.

Dans l'une des caisses, ils découvrirent, soigneusement empaquetées, une photocopieuse japonaise et des imprimantes du Front, ainsi qu'un petit dossier et des disquettes TDK qui contenaient sans doute des informations sur l'organisation.

Kollmann apparut, escorté par deux agents. Quelqu'un braqua une lampe sur son visage, révélant un homme abattu, aux yeux cernés.

— Silvio, déclara Brulé, vous êtes accusé de commandement d'un groupe terroriste, de détention illégale d'armes, d'entrée sur le territoire sous une fausse identité et enfin de l'assassinat de Cristián Kustermann et de Samuel Léniz.

L'homme essaya de répondre par un sourire méprisant. Son regard erra, incrédule, autour de la pièce. On entendait l'écho des pas des agents, de leurs mouvements précis et du craquement des caisses quand on les forçait. L'homme se racla la gorge et demanda :

— Qui m'a dénoncé ?

— Calmez-vous, dit Brulé. Vous vous êtes dénoncé tout seul.

Le jeune marié regarda fixement Brulé. Il avait des marques de petite vérole sur le visage, des bras musclés, et un médaillon en or pendait sur son torse velu.

— Vous vous êtes trahi quand vous avez prononcé le nom de Cristián Kustermann avant de l'assassiner, ajouta Brulé. Pour moi, tout est parti de là. Je ne sais pas si vous l'avez fait pour vous assurer que c'était bien lui qui se trouvait dans ce bureau mal éclairé ou pour qu'il comprenne qu'il s'agissait d'une « exécution ». Prononcer le nom de la victime prouvait qu'il ne s'agissait pas d'une simple affaire criminelle.

Brulé alluma tranquillement une cigarette et tira goulûment dessus. Il avait le beau rôle. Il était protégé par l'obscurité alors que le jeune marié était en pleine lumière, sous le feu des lampes torches.

— Cristián vous a cité dans son agenda peu avant d'être tué, continua-t-il. En dépit du mystère dont vous vous entouriez, vous avez laissé des traces, assez pour que je retrouve votre piste et envisage votre retour au Chili dans la peau d'un représentant d'une entreprise allemande.

— Comment êtes-vous parvenu jusqu'ici ?

— Si vous n'aviez pas aussi assassiné Léniz, je ne vous aurais jamais découvert, ajouta Brulé. C'est en voyant son cadavre que je me suis aperçu que Léniz possédait la même bague que Cristián. Je me suis dit que le jade était le symbole d'une organisation. Aviez-vous oublié que vous portiez une bague identique, faite à Panamá ?

L'accusé jeta un coup d'œil sur ses mains et se souvint qu'il portait cette bague depuis bien longtemps. On entendit des murmures dans l'obscurité.

— En outre, vous mettez votre alliance à la main gauche. Les Allemands utilisent la main droite.

— C'est à cause de ça ? demanda l'homme, tête baissée, le regard fixé sur ses bagues.

— Mais ce n'est pas tout. Vous avez accusé Kustermann d'être le mouchard qui a conduit la police vers la caisse d'armes destinée au Front de Valparaíso, précisa Brulé.

Chacun, autour de lui, prêtait attention.

— C'était le prétexte qu'il vous fallait pour le condamner à mort.

Brulé fit une pause. Il se lissa la moustache avant d'ajouter :

— Après, vous avez liquidé Léniz, parce qu'il vous soupçonnait d'avoir tendu un piège à Kustermann. Léniz aurait pu retourner la direction du mouvement en sa faveur et vous dénoncer.

— Je ne sais pas de quoi vous parlez, se défendit l'accusé, le regard braqué sur l'endroit où il estimait que se trouvait Brulé.

— Vous le savez parfaitement, insista le détective. Vous avez supprimé les deux dirigeants du Front parce qu'ils voulaient quitter la clandestinité et transformer l'organisation en parti politique légal.

Le jeune marié lança un crachat qui rata de peu la chaussure du détective.

— Mais cela ne vous convenait pas, continua celui-ci posément, parce que l'entreprise pour laquelle vous travaillez se consacre en réalité au commerce des armes. Elle revend les stocks qui appartenaient aux services de sécurité de l'ex-RDA, armes dont personne ne connaît l'inventaire précis. Excellente affaire, n'est-ce pas ? Elles sont bon marché et intéressent donc les extrémistes de tous bords, quelle que soit leur nationalité.

Le détective aspira une longue bouffée. Il plaça ensuite sa cigarette au coin de la bouche et glissa les mains dans ses poches. Il resta un moment à observer l'accusé. Enfin, il saisit la cigarette entre le pouce et l'index, la caressa quelques secondes et la jeta par terre. Le bout incandescent disparut sous sa semelle.

— Je veux voir mon avocat, lança Kollmann.

— Pour finir, ajouta Brulé, un détail m'a convaincu que vous deviez être Silvio : le fait que vous vous teignez les cheveux. Bizarre, non ? Il m'a paru symptomatique qu'un blond se teigne les cheveux en noir alors que les cheveux blonds ouvrent tant de portes en Amérique latine. Cet homme se cache, voilà ce que je me suis dit.

Le détective fit une nouvelle pause et ne put retenir

un sourire amer. Il effleura ses cheveux clairsemés puis mit la main dans sa poche. Un policier s'approcha pour lui parler à l'oreille. Brulé baissa les yeux.

— Vous connaissez la nouvelle ? dit-il en les relevant. Tout indique que le pistolet que nous avons trouvé dans votre table de chevet est l'arme avec laquelle on a assassiné Cristián Kustermann.

Il n'attendit pas de réponse. Il fit volte-face, suivi de Suzuki, se dirigea vers le corridor et gravit les marches menant à la cuisine brillamment éclairée. Il avait besoin d'un café serré.

Impression réalisée sur Presse Offset par

BRODARD & TAUPIN

GROUPE CPI

La Flèche (Sarthe), 19740
N° d'édition : 3506
Dépôt légal : septembre 2003

Imprimé en France